和一青嵐

黒澤絵美

和一青嵐　目次

和一青嵐

題字　横田観風

一の風

その日は朝から低い雲が江戸八百八町の空を覆い尽くし、時折小雨がはらはらと降ってきては、ほころびかけた花の蕾を凍えさせてしまうほどに肌寒かった。追い立てようとする春と居座ろうとする冬のせめぎ合いといった天気だ。雨は一日中気紛れに降ったり止んだりを繰り返していたが、暮六つ頃には雨足も風も強まり、傘を煽るほどの横殴りの雨が人々を家路へと駆り立てていた。

ここ小川町の一角に建つ杉山検校《けんぎょう》屋敷も日頃は人の出入りが多く活気づいているが、この日ばかりはひっそりと静まり返っていた。夜の帳の中で叩きつけてくる風雨に屋根瓦も板壁も悲鳴のような咆哮を発し、手入れの行き届いた庭木は激しく揺さぶられて枝葉も散り散りに飛ばされる中、じっと耐え忍んでいるかのような大きな屋敷の佇まいはこの家の主人の姿そのものを思わせた。

凶暴な風が体当たりして屋台骨を軋ませる度に、屋敷の奥座敷に居合わせた者達ははっと息を飲んで身をこわばらせた。異様な風景だった。室内には灯りがなく、人々は暗闇の中で荒れ狂う風雨に耳をそばだてながらまんじりともせず何かを待ち続けていた。たまに慎ましやかな灯りが鍵の手の廊下をすべるようにやってきては室内の様子を伺うように障子の前でそっと止まることもあった。今も叩きつける風雨がはらはらと軒下まで飛び散って来る長い廊下を、蛍ほどのほのかな灯りが流れるように奥座敷までほたほたと近づいてきた。燭台を手にした男と、その男の袴の帯に縋って摺り足でついて来る若い男だ。燭台を手にした男は奥座敷の前まで来ると歩を止めて跪《ひざまず》き、僅かに開けた障子の隙間からそっと室内に呼びかけた。

「島浦和田一殿がお帰りになりました。入ってもよろしゅうございましょうか」

どうぞ、という囁き声とともに障子が遠慮がちに開けられると、男の手にした燭台の一束ほどの灯りが真っ暗な室内に差し込み、一瞬にして十畳間の寝所の様子が闇の中に浮かび上がった。部屋の中央には布団が敷かれ、昏々と眠り続ける人の姿があった。白衣に身を包み、薄らと開いた口元から今にも消え入りそうな吐息を漏らしている病人、それがこの屋敷の主人、鍼医師の杉山和一だった。その枕元に座して身じろぎもせず病人の手を取り、脈を計っているのは一番弟子の三島安一、彼の背後に控えてじっと気配を窺っている弟子、障子を背にして控えている弟子が二、三名、誰一人燭台の灯りを気にも留めないのは全員が盲人であったからだ。

燭台を持った男、栗木杉節は弟子達の中で唯一の晴眼者である。入るようにと言われてはっと頷くと、栗木は膝立ちの姿勢のまま己の後ろに控えた島浦和田一の手を取って室内に引き入れ、丁重に一番弟子、三島安一の傍らまで導いていった。手探りで布団の位置を確かめると、和田一は兄弟子にそっと呼びかけた。

「和田一でございます。只今帰りました」

布団に横たわる人の腕を取って己のひざに乗せ、じっと脈を計っていた兄弟子の三島安一は低く応えた。

「和田一殿、悪天候の中、ご足労だったな。新藤様の御子息のご容態は如何だ？」

新藤様とは日頃杉山和一を贔屓にしている旗本の一人である。ここ数年は和一の名代で安一や和田一が診療に赴くことも増え、その腕前はさすがは杉山検校の弟子と絶賛されるほどの信頼を得ている。

今日も昼過ぎに突然御子息が高熱を出したので治療に来て欲しいと新藤家の使用人が駈け込んで来た。だが一番弟子の安一は重篤な病の師匠、和一の傍らから離れることができない。そこで二番弟子の和田一が代理で新藤家の屋敷に出向いたのである。果たして兄弟子を凌ぐほどの腕を持つ和田一は、立派にその役目を果たして面目を施した。

「はい、幸い御子息の熱は下がり、呼吸も落ち着いてまいりました。今は安らかにお休みになっておいでです。明日の朝、もう一度様子を見に伺う約束をしてまいりました」

一通りの報告を終えると、和田一は布団に横たわる人の容態を推し測ろうと全身の神経を研ぎ澄ませた。

「して、お師匠様の具合は？」

替わるか？　と言いながら兄弟子の安一は自分が座していた枕元を和田一に譲った。死脈取りの達人である安一にそう言われて和田一は緊張しながら師匠の枕元ににじり寄り、そっとその手を取った。和一の手はがっしりと大きく柔らかい。そして人を包み込むような温かさを湛えている。だが今、その手には日頃の溢れるような気迫はまったく感じられなかった。ぐったりと弱々しく、生気のかけらも感じられない。気持ちを鎮めて三本の指先に集中するうちに、和田一の胸に絶望的な思いがこみあげてきた。弱い脈だった。あきらかに寿命がつきかけている人の脈だ。思わず和田一が深いため息を漏らすと、それと察した兄弟子の安一が囁くように言った。

「今夜が山だな」

黙って頷きながら座を譲ると、和田一はぐっとこぶしを握り締めた。

確かにこの脈状では朝まで持ち堪えられるかどうか定かではない。こちらも覚悟を決めて掛からねばならぬ。そう腹を決めて心を落ち着かせたとき、はたと気づいた。

「そういえばさっきからおセツ様がいらっしゃらないようですが？」

セツという名を聞いて安一が即座に応えた。

「江ノ島にお出かけになった。最早、弁財天様のご加護を願うしかないと申されてな」

和田一は仰天した。

「江ノ島に？　この風雨の中を女の身でたったおひとりで？」

「いや、おセツ殿は一人で行くと申されたが、流石にそれはお止めした。駕籠を呼んで、下男の八助に伴をさせてお送りした。和田一殿が新藤様の御屋敷に出かけた前後に発たれたから、そろそろ藤沢宿辺りまで辿りついた頃、今夜は夜通しご祈祷をなさるおつもりだろう」

和田一は絶句した。この嵐の中を何と無謀なと呆れもしたが、死脈が出ているお師匠様の回復はかくなる上は神仏に頼る他ないのかもしれないという気もする。兄弟子の安一は黙ったまま師匠の枕元に座り直し、もう一度その腕を探し当てた。そっと手繰り寄せて己の生気を注ぎこもうとするかのように経穴《けいけつ》を探す。師匠の命は燃え尽きかけた蝋燭の炎の如くに頼りなく、ほんの僅かな空気の揺らぎだけで掻き消えてしまいそうだった。

早すぎる！　と彼は唇を噛んだ。今、お師匠様に逝かれてしまっては困る。何とかこの峠を乗り越えて頂かなければ！　冷静な態度とは裏腹に安一の心の中には切なる想いが渦巻いていた。

総検校杉山和一、この偉大な鍼医師はおそらく全ての盲人達の希望の光なのである。盲目であっても鍼医療で立派に身を立てていくことが可能であることを自ら実証してみせた人物、更に言えば京都の鍼医の大家、入江豊明からその奥義を託された時から、往古より興っては退廃転落を繰り返してきた鍼治の道を今後永続的に繁栄させるべく回復中興させた存在でもある。

杉山和一が鍼治学問所を開設したのは天和二年（一六八二）屋敷の外続きにある七十五坪の地所を幕府より預かり、ここへ「杉山流鍼治学問所」を建て、入江豊明から受け継いだ鍼治歴代の秘書を納めたことより始まった。鍼道が今後断絶しないよう、鍼治の道を生業とする者は晴眼者、盲人の区別なく、『当道座《とうどうざ》』の末々の者に至るまで教育指導する旨を広く世間に呼びかけたのである。それまでにも鍼治を生業とする者はいたが、鍼本来の技術を伝える者は数えるほどで大方は経絡《けいらく》経穴の知識も技術も未熟な者ばかりだった。これでは鍼治の道は廃れかねないと現状を憂いた杉山検校は、治療者の技術向上を目指して学問所を設立したのである。そのお陰で鍼治療は世間に広く認められ繁栄することとなった。

偉大な業績だ。それをこの方はたった一代で成し遂げてしまったのだ。安一は師匠の力のない腕を支えながら嘆息した。

だが志はまだ半ばだ。鍼医師を当道座において確固たる地位に定着させるには、京都の職屋敷という厄介な存在が行く手を阻んでいる。彼らは盲人の生活保護制度である当道座において、盲人の生業を音曲のみしか認めようとしない。あの当道座の総本山である京都の職屋敷とうまく折り合いをつけ、鍼療治を独立した制度として確立していくには今お師匠様に死なれては困る、それが安一の切実な思いだった。

もしお師匠様が亡くなられたら、鍼治学問所を継ぐのは一番弟子のこの私だろう。だが私はまだお師匠様ほどの政治力を持っていない。せいぜい江戸の旗本屋敷からお呼びがかかって彼らの間で功を成す程度のもので、京都の総本山と互角に渡り合うにはまだまだ力不足だ。

鬱々とした思いで安一は溜息をついた。ここはどうあってもお師匠様の奇跡のような復活を願うほかない。頼みの綱は江ノ島の弁財天様の御加護、そしてそれに縋るために遥々江ノ島まで出かけたおセツ殿の気迫だけだ。

一層激しく雨戸に体当たりしてくる風の音を聞きながら、安一は一心に祈った。

おセツさん、どうか頼みます！　お師匠様をお救いできるのはあなたしかいない。弁財天様のご加護を頂いてお師匠様が蘇りますよう、どうぞどうぞあなたの持てる力をふり絞って御祈願ください。

雨は滝のように人家を叩き、風は草木を薙ぎ払い剥ぎ取っていく。天地の怒りのような春嵐の咆哮を遠くに聞きながら、彼は夢とも現《うつつ》ともつかぬ世界を彷徨っていた。彼、江戸はおろか日本中にその名を知られた五代将軍綱吉の奥医師、杉山和一検校の命は今、正に燃え尽きかけようとしていた。今年八十歳という高齢にもかかわらず頑強な身体と学問への深い情熱を持って鍼術に邁進してきた人だが、その彼が数日前から体調を崩し、弟子たちの必死の看護にもかかわらず病状は好転せず、今も鍼治学問所と隣り合わせた屋敷の奥座敷で死線を彷い続けていた。

得体の知れぬ病魔がここ数日彼の身体を蝕んでいる。体の芯にくすぶる熱は倦怠感を生み、寒気は肉や骨の生気を萎えさせ、体の隅々から生気を奪い取って行く。水底に沈んだような虚ろな意識の中で彼はとりとめのない想いに浸っていた。

一番弟子の安一は死脈を取るのが上手い。先程わしの脈を取っていたが、この病人が余命いくばくもないことを読み取っただろう。なにしろわしが脈の取り方を手ほどきしたのだからな、あれは研究熱心な男だ。死脈七脈を教え込むと重篤な病の者を求めて東奔西走し、片っ端から脈を計りに押しかけて行って世間の顰《ひん》蹙《しゅく》を買っていたが、その努力の結果今日彼は死脈取りの名人となったのだ。

そんな昔のことを思い出すと自然と笑いがこみ上げてくる。弟子達は皆けなげだった。関わりを持った者達はそれぞれにいとおしかった。彼らに想いを馳せると体のだるさや辛さは遠のき、臨終が近いというのに何やら愉快な気分が腹の底からわき上がってくる。

八十年、そうか、わしはこの春八十歳になったのだった。何と長い人生だったろう！　人の倍以上も寿命を与えられるなどつくづく果報者だ！　人生を旅路に例えるなら、随分長い旅をしてきたものだ。それでいてつい昨日のことのようにほんの短い旅でしかなかったような気もする。夕べに死んで朝蘇るの例え通り、わしももうじきこの世からおさらばするのだろう。まだまだやらねばならぬことはあるが、やらねばならぬというのも己の自我かもしれぬ。全ては弁財天様の思し召し、今生はここで終わりということならばその御心に従うまでだ。何も嘆くことはない。後は弟子達がよいように計らってくれるだろう。

密やかに障子を開け閉めする音がしてすっと風が流れ込んで来た。厳寒の頃の切り裂くような風ではない。生温かい春の嵐の風だ。その風が額をかすめるように撫でていった瞬間、奇妙な感覚が喚起された。

はて、あの風には昔出合ったことがある。どこでだったろう？　老検校はぼんやり考えた。耳を澄ますと微かな泣き声が聞こえてきた。

誰ぞ泣いている！

すすり泣きのような悲し気な声だ。その声に誘われるように、昔、見えていた頃に瞼に焼き付けた風景が次々に浮かんでくる。生まれ育った故郷の山河、屋敷町から町屋にかけての土塀の連なる町並み、鎮守の森、小川にかかる土橋、何十年も忘れきっていた幼少時の記憶が不思議なほど鮮明に脳裏に蘇ってくる。人は死に際に己の人生を瞬時に辿るという。ならば自分も臨終が近づいて、幼い頃の記憶から只今までを一足飛びに巡っているのかもしれぬ。

泣き声が次第に大きくなってきた。悲しみ、苦しみ、憤りを腹の底から絞り出すように泣き叫ぶ声、何と哀れな、と思った瞬間気がついた。あれは自分の泣き声だ！

慣れぬ手つきで杖を突き、屋敷からそう遠くない道をたどたどしく歩いていった日のことが実感を伴って蘇ってきた。つい十歳までは普通に見えていた風景の上に幕がかかったように全てが覆い隠され、払い除けようとしてもどうしても取り除くことができなかったあのもどかしさ！　ああ、あれは十七歳の春の晩のことだった。

心に重くのしかかるやり場のない憤りと悲しさを抱えたまま、少年だった自分はあてどもなく夜の道を彷徨っていた。涙と鼻水が頬や顎を伝って流れ落ちていくのを拭おうともせず歩いていると、生ぬるい風が額や顔を撫でるように吹き過ぎていった。あの生ぬるい風の感覚を思い出した瞬間、江戸の町に吹き荒れる嵐は故郷・伊勢の里に吹く穏やかな春風と化した。検校、和一の頬にすうっと涙が流れた。

杉山養慶《すけよし》は慶長十八年（一六一三）伊勢国・安濃津《あのうづ》（三重県津市）に生まれた。父は三十二万石を領する藤堂高虎に仕える禄高二百石の杉山重政、母は尾張（名古屋）徳川家の家臣・稲富祐直《いなとみすけなお》の娘という両親の元に長男として生まれ、何不自由ない穏やかな幼年時代を過ごした。そのまま育てばいずれ父の後を継いで中級武士として平穏な人生が待っていた筈である。だが思いもかけぬ過酷な運命が彼を襲ったのは和一が十歳のときのことだった。疱瘡《ほうそう》（天然痘）にかかって失明したのである。数日間高熱に魘《うな》され、生死の境を彷徨った末に覚醒してみれば目前は霞がかかったように乳褐色の靄《もや》が垂れ込めている。その靄を払いのけるように手を差し出しながら弱々しく母の名を呼んだ。

「母上様、どちらにおいでですか？」

ここにおるではないか、という母の声が返ってきたが、目前の靄は晴れない。尚も靄の彼方の明るい方向へ抜け出ようと両手で空をかき分け、宙を摑もうとするとふんわりと温かい手に捕まえられた。

「これ、ここにおるのが見えませぬか」

母の声は少し苛立っていた。数日間、熱病に冒され生死を彷徨っていた息子の看護を続けていた疲れのせいなのか、嬉しや息子が回復したと喜んだのも束の間、膿で爛《ただ》れ、白濁した眼に肝をつぶしたためか、母の声には何やら切羽詰まった感じがあった。しっかりおし、こちらをご覧と繰り返し呼びかけられ、握った手を何度も揺すぶられても彼は首を横に振るばかりだった。得体の知れないどす黒い不安が胸にこみ上げて来た。彼は声を震わせて訴えた。

「見えませぬ！　目の前に覆いが被さっていて何も見えませぬ。母上様、どうかこの覆いを取り払ってくださいませ！」


鬱々と過ごす日々が続いた。縁側に腰かけて見えない目で庭先の鳥のさえずりや蛙の声を聞くともなく聞いていると、時折塀の向こうを連れ立って歩いて行く同年代の少年達の声が聞こえてきた。どうやら剣道場や学問所の帰り道らしい。声を弾ませて意気揚々と語り合っている。彼は胸が潰れそうになった。自分だってついこの間まではあの少年達の仲間に加わって覚えたばかりの論語をそらんじたり、将来への夢を熱っぽく語り合ったりしていたのに！

生来彼は器用な方ではなかった。体格こそ大きく立派だが、どちらかといえばおっとりと穏やかで目端の利く性質ではない。剣術の稽古でもぼうっと構えている間に自分よりはるかに小柄で抜け目なく立ち回る者に小手を取られてしまうこともしばしばだった。元来彼は人と争ったり相手を打ち負かすということが苦手な性分だったのだ。それに比べて学問は面白かった。人と争うことなく心行くまで本を読みふけり、いにしえの賢人の英知に触れるのは心躍る至福の時だった。将来は武術ではなく学問で身を立てようと密かに念じていた。だが今の彼はその大好きな論語の教本を読むことすらできない。遠ざかっていく少年達の声を聞きながら、やりきれない思いに苛まれた。

母はそんな息子の目が蘇ることを信じてひたすら神社仏閣のお力に縋り続けていた。朝な夕なに神棚に祈り、近隣の薬師堂へ足しげく通って息子の病治癒を祈願する。彼も最初の頃こそ母に従って神社詣でに足を運び、必死の思いで神仏に祈ったが、そのかいもなく一年経っても二年経っても一向に目が蘇る兆しはない。次第に厭世的な気分になっていた。

「子曰く朝に道を聞かば夕べに死すとも可なり」

少年達がそらんじる声が遠くから聞こえてくる度に切なさで胸が詰まりそうになった。みんなは意気揚々と往来を闊歩していく。何故自分ばかりが取り残され、置き去りにされているのだろう？

縁側に腰かけて一見おだやかに過ごしている風でありながら、胸中には激しい焦りと無念さが渦巻いていた。気づいたら自分ももう十七、幼馴染達はすでに城勤めを始めている。それなのに自分だけが十歳の時と変わらず、屋敷の庭先でただ漫然と日を過ごしているのだ。このままでいい筈はない、と彼は己を責めた。自分だってかつては少年らしい大志を抱いていた。世のため人のために尽くす人物になろうという夢に胸膨らませていた。だが今のこの身ではそれも叶わぬ。ただの木偶《でく》の坊《ぼう》だ。周囲に人の気配がない時は己の髪を掻きむしり、大声で泣き叫びたい衝動にかられた。

目さえ治ったら！　もう一度この目に光が蘇ったら、自分は誰にも負けないくらい学問に精進するのに。だが目が見えなくてはどうにもならない！

そんな思いに捉われる時は、そのまま屋敷から飛び出して行って思い切り叫びたかった。

「神様仏様、なにとぞ私をお助けください！　闇地獄から御救い下さい！　どうしたらこの暗黒から抜け出し、元の明るい世界を取り戻すことができるでしょうか。お願いです。私は世の中で役に立つ人間になりたいのです。ただ何もせず毎日毎日を安穏と過ごしているだけの生活など生殺しの地獄です。それならばいっそ今ここで雷にでも打たれて息絶えてしまった方がましです！」

だがそんな切なる思いは声にならない叫びとして彼の胸の内に封じ込められた。自分が心乱したら父上、母上がどんなに心配なさるかと思うと、ぐっと言葉を飲み込んで耐えるしかなかったのだ。

だが、ある晩ついに彼は悶々たる思いを抱いたまま屋敷を出た。一人で外出するのは初めてだった。母の神仏祈願の御伴をするのはもう何年も前から拒んでいる。どんなに必死で祈っても眼に光が蘇る兆候は表れない上に、下手に表に出れば人々の好奇の目に晒されるからだ。運悪く幼馴染にでも見つかったらきっと彼らは憐れみのまなざしを向けてくるだろう。それは死ぬより辛いことだ。ならば人目を避けて屋敷の奥にひっそりと身を潜めている他ない。

だが、その夜はいつもとは事情が違った。人目につくことも体裁もどうでもよくなり、切羽詰まった気持ちで杖を突き、家人に気付かれぬように裏木戸からそっと外に出た。日中は暖かな日差しがふんだんに降り注いでいたが、陽が沈むと急に風は冷たさを増す。その冷気が盲目の彼に日がとっぷりと暮れたことを教えてくれた。一人で外に出るのは初めてだ。屋敷の塀を手探りしながら、いつも下男に手引きされて散歩した近所の道を辿って行く。慣れた道の筈なのに手探りしながら辿って行くのはひどく心細い。だがもう屋敷の中には自分の居場所はないような気がする。ここ数日、両親の諍《いさか》いが絶えない。その原因は無論彼の眼のことだ。眼病が直る見込みはない息子に家督を継がせることはできない。ここいらが潮どきと下の娘に婿養子を取らせる算段を考え始めた父親に対して、母親はまだ息子の眼の回復をあきらめ切れなかった。

「あなた様は薄情です。あの子が不憫だとはお思いにならないのですか？」

母が食ってかかると父は冷徹な調子で応えた。

「不憫だと思わぬ筈があるまい。だがあれももう十七だ。健康であればそろそろ城勤めを始める年頃だ。だがそれが叶わぬ以上は婿養子を取る以外、家の存続を計る手立てはないではないか」

「ではあの子を見捨てるおつもりですか！」

母はどこまでも食い下がる。すると父も次第に苛立ちを顕わにしてきた。

「馬鹿な！　例え家督を継がせなくても養慶をこの屋敷で一生養っていくくらいの甲斐性はわしにだってある。百姓町人のせがれとは訳が違う。あれは武士の子息だ。世間一般の盲人のように当道座になぞ入る必要もない。武士としての勤めが果たせなくともこの屋敷で一生安泰に暮らせばよい」

「妹婿が主人となった屋敷で？　いくら食うに困らなくともそれではあの子にとっては針の筵《むしろ》のようなものです。どれほど肩身の狭い思いをすることか！」

そう言って母は喉を詰まらせ、嗚咽を洩らした。父の叱責が飛ぶ。

「いい加減にせんか！」

だが母はますます号泣する。そんなやりとりが毎晩のように繰り広げられるのだ。それを聞くのが彼はたまらなく辛かった。

当時の社会には『当道座』なる盲人保護の制度が設けられ、全ての盲人はこの制度に加入する義務があった。当道座には座当から始まって勾当《こうとう》、別当、最高位の検校まで四つの階級があり、これらを統括するのは京都にある『職屋敷』と呼ばれる本部だった。当道座に加入した盲人は換金の配当、金貸し業の先取り特権、租税免除、犯罪の特別扱いが公認されていた。ただし座当は相当の金を拠出する義務を課せられ、その金が検校の収入となる仕組みだったので加入者はみなこの地位に就くことを切望し、買収によって地位を得ようとする者も多かった。ある意味で当道座は人間社会の縮図とも言えた。だが武士はこの制度に属する義務を免除されている。わざわざ武家の子息である彼が俗世の荒波に飛び込んで行く必要はなかった。

木偶の坊め！　と彼は自分を罵った。学問も武芸も叶わず、かといって盲《めしい》の定石である歌舞音曲の能もなく、これからさき何を頼りに生きていけばいいのか皆目見当がつかない。こんな自分が屋敷にいる限り両親の悩みも諍いも絶えないだろう。いっそこんな情けない人間はいなくなってしまった方がいい。そんな切羽詰まった心境で彼は屋敷を出たのだった。片手で虚空を探り、もう片手に握った杖先で足元をたぐりながら暗闇の中をあてどもなく彷徨って行く。しばらく進んで行くと空気が変わった。どうやら屋敷町から並木道に出たらしい。見えていた時分の記憶を頼りにそろそろと足を運ぶ。ぬるい風が頭上の梢を揺らして行く気配がする。どうやら松の木のようだ。彼は懸命に昔の記憶を手繰り寄せ、近隣の風景を脳裏に描こうと努めた。屋敷町から松並木の道に入ると、杉山家の墓所のある寺の山門に突き当たった筈だ。幼少時から何度となく法要に出かけた寺の景観と、いつもにこやかに迎え入れてくれた住職の柔和な顔が思い浮かび、張りつめていた気持ちが少し和らいだ。

あそこに行ってみようか？　何の当てもないがふとそんなことを思いついた時、かぐわしい香りが鼻をくすぐった。ほんのりと甘く懐かしく、如何にも春の到来を告げる香りだ。その香りに足を止めていると、急に切なさがこみ上げてきた。次の春には目の具合が少しは良くなっているかもしれないという儚い望みを抱いて毎年待ち焦がれたこの季節、だが期待はあっさり裏切られ、空しい気分で去って行く春を何度見送っただろう。春は残酷な季節だ。そんな季節がまた巡ってきたのか！　もう自分の眼に光が戻ることは永久にないのだろうかと考えると、暗澹たる想いが胸中に広がってくる。その不安を打ち消そうと、彼はやけっぱちのように杖を振り回しながら寺へ向かう道筋を歩んで行った。

だが杖を頼りに歩くことに慣れていないために次第に方向がずれてきていることに気付かなかった。いきなりずるりと足が滑った。一瞬何がどうなったのかわからず頭が混乱した。足元に硬い地面がない恐怖が心の臓を凍りつかせる。真っ直ぐに歩いているつもりが斜めに進み、並木道の外側の雑草の生い茂る傾斜地に踏み込んでしまったのだ。叫ぶ間もなく体勢を崩して転がり落ち、気づいた時には土手下の草むらにうつ伏せに倒れていた。灌木の繁みから突き出た小枝や刃物のように硬い雑草で両手両足は傷だらけになり、肩や背は動かそうとすると息ができないほどの痛みが走った。しばらく腹這いになったまま呻いていたが、痛みが治まってくると今度は口惜しさが込み上げてきた。傷の痛みそのものよりも、たかが小川の土手くらいでみっともなく転げ落ちたことが何とも情けない。これも目が見えないせいだと思うと自分がふがいなくてならない。ようやく痛みが薄らいで身を起こすと周囲は相変わらずの闇で、川のせせらぎ以外何の気配もなかった。急に夜の静寂が迫ってきた。

自分はおよそ人として味わえる全ての喜びや夢や希望から見放されてしまったのだ！　こんな自分なんか生きていたって仕方がない。治らない眼を抱えて鬱々と暮らしていても両親に余計な心配をかけるだけで何の価値もない。それならいっそ！　電光のようにある思いが閃いた。突き動かされたように彼は手探りで杖を探し出し、その杖で小川の淵までの足場を探った。

身を投げよう！　ひと思いに命を断とう！

杖の先で雑草をかき分けながらいざって行き、その先端が水際の地面の感触を探り当てると身を支えながら立ち上がった。そしてえいっとばかりに目前の暗黒に向かって飛び込んだ、つもりだった。

だが生憎水際に打ち込まれた杭に足が引っ掛かり、予想もしなかった体勢で浅瀬に突っ込んでしまった。逆さ吊りのように頭だけが完全に水中に没した。泥臭い水を大量に飲んで鼻の付け根といわず目頭といわず強烈な痛みが突き抜けていく。その苦しさといったらない。これが断末魔の苦しさかと思った刹那、誰かが彼の名を呼んだ。

「養慶、死んではなりませぬ！」

その声が混乱していた彼の意識を正気に戻した。辛くも振り回した腕に川底の手応えを感じ、そちらが下方だと察して死にもの狂いで体勢を立て直すと上体が水面に出た。立ち上がってみれば川の深さは腰までしかなかった。後になって振り返れば笑い話のようだが、その時の彼にとっては正しく地獄からの生還そのものだった。泥水を吐き吐きよろめきながら岸辺に辿り着くと、そのまま草むらに倒れ込んでしまった。ひどい疲労感が全身を押し包む。仰向けの体勢で二度三度深呼吸を繰り返すとぬるい風が額を撫でていった。その風の中にまた声が聞こえた。

「養慶、死んではなりませぬよ。生きるのですよ」

優しい慈愛に満ちた声だった。母上様か？　と首を上げて周囲を確かめようとしたが見えぬ目に映るものはない。人が近寄ってくる気配もない。それでも確かに彼は声を聞いた。ぬるい風の中から優しいが凛とした気迫のある声が呼びかけてきたのだ。母の声のようでもあったが、全く別人のようにも思えた。その声に引き留められたからか、まだ死にたくないのが自分の本音だったからか、彼は結局死の世界に身を任せることができなかった。

死に損なった！

虚空を見上げながらそう呟くと涙がとめどなく溢れ出て来た。こんな情けない人間なのに、まだ生にしがみついていたいなんて！

とたんに今まで抑えていた鬱積した想いが堰を切ったように胸に溢れてきた。両親に心配をかけまいと努めて冷静にふるまっていた抑圧された想いやら怒りや悲しみややるせなさが一気に喉元からほとばしり出た。彼は号泣した。どうにもならない現状、これから先どうしていいかわからないやり切れなさ、口惜しさ、ありとあらゆる思いが慟哭となって吐き出された。こんなに感情をむき出しにしたのは初めてだった。日頃は穏やかで怒りを顕わにすることなどほとんどなかった彼が、自分でも驚くほど感情を爆発させたのだ。仰向けに横たわったままどのくらい泣き続けていただろう。とめどなく流れていた涙が底をついてきた頃、いきなり頭上から誰かの声が降ってきた。

「どうなさった、具合でも悪いのかね？」

仰天して泣くのを止めると、すぐ傍に誰かが立っている気配がした。思わず息を詰めて身を縮こめると、相手はどうやら提灯を掲げてこちらの様子を舐めるように眺め回しているらしい。提灯の炎らしきほんのりした温かさが右に揺れ、左に揺れした後、すっとんきょうな声を浴びせられた。

「ありゃりゃ、お前様は杉山様とこの御子息様ではねえですか！」

馴れ馴れしい呼びかけだが誰だろう？　といぶかしく思う間もなく逞しい腕が伸びてきて、彼の肩をがっしりと抱きかかえた。

「養慶様、まあ、どうしてこんなところに！　あっしは霊泉寺の民治ですよ。覚えておいでですか」

菩提寺の寺男の民治だった。その名を聞いたとたん彼の緊張が緩んだ。民治なら幼い頃からよく知っている。法事の時以外にも寺の境内に蝉取りなどに遊びに行くといつも笑顔で呼びかけてくれた優しい男だ。

今日は恕風和尚のお伴で遠方の法事に出かけた帰りなのだと民治は説明した。とっぷりと日が暮れてから並木道に差しかかると、いずこからか異様な泣き声が聞こえてきた。

「はて、泣き声がするが、随分異様な声だ。まさか狸か狐に化かされている訳でもあるまいな」

恕風和尚が首を傾げながら言うので、義侠心の強い民治はどんと胸を叩いた。

「ではあっしが見て参りましょう」

言うが早いか灌木の繁みをかき分けて斜面を駆け降り、ほどなく泣き声の正体を突き止めた。提灯の灯りで照らしてみれば、思いがけず檀家である杉山家の子息が全身泥まみれで濡れそぼったまま草むらに横たわっていた。養慶を哀れに思った民治は、事情を聞き質すより先に土手の上に向かって大声で呼びかけた。

「和尚様、てえした狸を見つけましたで！　びしょ濡れで風邪を引きかけた狸でさ」

厨房で親切に介抱され、白湯を一口するとようやく人心地がついた。乾いた衣服に身を包まれて体が温まると気持ちも和んでくる。彼の表情が次第に和らいでくるのを見て恕風和尚は穏やかに言った。

「養慶殿、ご気分は如何ですかな」

その温厚な声を聞いて幼い頃から見覚えた和尚の端正で柔和な顔が脳裏によみがえり、彼の眼にまた新たな涙が溢れてきた。手の甲で拭おうとすると和尚はすっと手拭いを差し出してくれた。それを目に押し当ててしばらくすすり上げていたが、その涙が胸に滞っていたものをすっかり押し流してくれた。生き返った心地で手拭いを返しながら、ありがとうございますと低く呟くと和尚は穏やかに言った。

「もう一杯、白湯をお飲みになりますか」

言いながら手を包み込むように湯飲み茶わんを手渡してくれた。手捻りの厚手の茶碗を両手で受け止めながら彼は戸惑い気味に尋ねた。

「和尚様は何故私があんな場所で泣いていたのか、訳をお聞きにならないのですか」

ふふっと笑って和尚は応えた。

「ここは詮議場ではありませんよ。御仏の御座《おわ》すところです。御仏に心を開くことができたならそれで充分。だがもしも思いの丈をお話ししたいのなら、どうぞお心の済むまで話しなさるがよい」

その温かな声に誘われて今まで自分の心にのしかかっていた一切を包み隠さず打ち明けたくなった。そこで白湯をもう一口啜ると、訥々と事情を語り出した。自分の眼病が元でここ数日両親の諍いが絶えないこと、それが切なくて自分がふがいなくて密かに家を抜け出てきたこと、土手から滑り落ちてそのまま小川に身を投じようとしたことなどを正直に話した。一通り聞き終わると恕風和尚は静かに言った。

「思いの丈を吐き出すのはよいことです。ここで日頃の重荷をありったけ吐き出しても誰にも迷惑はかかりませんからな。それで気が済みましたかな?」

いいえ、と彼はためらいがちに答えた。

「半分だけです。後の半分はこれから先の不安です。これから先どうすればいいのか皆目見当がつかないのです。和尚様、私はどうすればよいのでしょう。私は眼病みになりました。いつかはまた見えるようになるかと儚い望みを抱いていましたが、どうやらそれは叶わぬ願い。このままでは私は家を継ぐこともできず、ただ木偶の坊のように無駄飯を食って一生を終えかねない。そうはなりたくないのです。私は学問が好きで、それで身を立てるつもりでしたが、盲目ではそれもできず、かといって他の盲人のように歌舞音曲を生業にする気も起きず、これといった道が見つからないのです」

これを聞くと和尚は子供に言い聞かせるように優しく言った。

「養慶殿、鱈を食べてはいけませんよ」

「鱈を?」

意味が分からずきょとんとする彼に、和尚は愉快そうに言葉を続けた。

「鯛は食べてもいいが、鱈はいけません。わかりますかな？　鱈というのは、もし目が見えていタラやりたいことができるのに、見えないからできないというタラ、鯛というのは、自分がこうやりたい、こうありたいというタイです。タイとタラ、どちらの方が有意義な人生になるとお思いかな？」

まるで禅問答だと腑に落ちない表情を浮かべると、和尚は更に噛み砕くように言った。

「よろしいかな、目が見えたらやりたいことができるのに、見えないからできないと嘆いていても何事も始まりません。それよりもやりたいという希望を叶えるためにはどうすればよいのか、知恵を絞って考えてみることです」

そう言われてもと彼は口ごもった。目が見えなければ書物を読むこともできないのは歴然とした事実だ。だが和尚はさらりと言った。

「目が見えなければ何もできないというのは本当にそうですかな？　その昔、唐の鑑真和尚という徳の高い僧侶は、日本に仏教の規範を根付かせる使命を以て唐の都を出発したが、当時唐から日本まで渡航するのは至難の技だった。何度も失敗し、あげくの果てに失明してしまったがあきらめずに五度目の挑戦でようやく日本に渡ることができた。そして盲人の身で精力的に布教活動をおこない、唐招提寺を建立し、この国の仏教の礎を築いたのですよ。あきらめずに挑戦し続ければ道は拓けるものです」

そんなすごい人もいたのかと彼は舌を巻いたが、それは偉大な人の話、自分とはあまりにもかけ離れた存在だ。到底己と引き比べて考えることなどできない。そんな彼の心境を察したのか、恕風和尚は付け加えるように言った。

「最近聞いた噂では、江戸には盲目の鍼医師が現れてたいそう評判になっておるそうですよ。盲人で鍼療治をこなすのは至難の技だと思うが、それをやってのける者もいるのです。養慶殿、心の目を開きなさい。さすれば何も恐れるものはありません」

盲目の鍼医師という話には心が動いた。その晩和尚から聞かされた中で一番心に深く突き刺さってくる話だった。もう少しその話が聞きたくて彼は身を乗り出したが、和尚はそれを制して帰宅を促した。

「そろそろお帰りになった方がよろしいでしょう。養慶殿が行方知れずとあっては、親御さん達はさぞやご心配なさっているに違いない。一刻も早くお帰りになって安心させてお上げなさい」

その晩は寺男の民治に付き添われて屋敷に戻った。案の定両親始め家の者達は忽然と姿を消した彼の身を案じて天地をひっくり返したような騒ぎの最中だった。帰宅した息子の姿を見ると母は彼に取り縋って泣いた。父は民治から一部始終を聞かされて渋い顔をしていたが、彼を怒鳴りつけはしなかった。これ以上息子を追い詰めたら本気で自害しかねないと案じたのかもしれない。

寝床に入ってからも彼は寝付けなかった。様々な思いが去来し、最後に残ったのは心の目を開けという恕風和尚の言葉と、江戸で評判になっている盲目の鍼医師の話だった。琴や三味線以外にも盲人の生きる術があるのかと思うと心に一条の光が差し込んできたような心地がする。学問なら歌舞音曲よりもはるかに興味が持てる。それなら自分も会得できるかもしれない。何よりも心魅かれたのは、鍼療治の道を志せば広く世のため人のために尽くせる可能性があるという点だった。それはまさしく年少時から抱いていた大志だ。ひょっとしたら鍼医師を志せば、失われた己の誇りを取り戻すことができるかもしれないのだ。そう思うと久しぶりに若者らしい高揚感が胸にこみ上げてきた。

数日間繰り返し考えた末、彼はもう一度寺に出向き、盲目の鍼医師について詳しく教えて欲しいと恕風和尚に懇願した。和尚は彼がそう言い出すのを予見していたかのように顔をほころばせた。

「ようやくその気になりましたか」

そして早速江戸の知人に頼んで、盲目の鍼医師についての詳細を調べ上げてくれた。それによると鍼医師の名は山瀬琢一、京都生まれで、京都の鍼治療の大家、入江流の門人であること、盲人として入江流の免許皆伝第一号となったこと、京都から江戸に出て愛宕下で開業し、腕が良いので毎日治療客が引きも切らずに押し寄せるということ等々、恕風和尚は一通りの事情を伝えた後、これからは盲人でも鍼医師を目指す者が増えていくだろうと付け加えた。夢中で話に聞き入っていた彼は、それを聞くと顔を紅潮させながら言った。

「私も是非その方に鍼療治の手ほどきを受けたいのです。どうすれば弟子入りすることができるでしょうか」

和尚はそれならばと快く山瀬琢一に手紙を書いてくれた。やがて江戸の琢一から返事が届いた。熱意ある若者なら喜んで我が弟子に迎えたいという。この返事を恕風和尚から聞かされた彼は感激のあまり涙を流し、嬉々として帰宅すると早速両親にその旨を伝えた。

「私はこれから江戸で鍼医師として身を立てたいのです。どうぞ江戸に行くことをお許しください」

母は驚き、息子の身を案じたが、父はしばらくじっと瞑目して考えた末、それもいいかもしれないと応えた。改めて父から琢一に息子を弟子にしていただきたいという手紙を送ると、折り返し琢一から快諾の手紙が届いた。これをきっかけに彼の人生が急展開していくことになる。

あの日、あの時、あの声がわしを呼び留めてくださらなかったら、わしは今、ここにこうして存在していなかった。

和一はうっすらとした意識の中で考えた。あのときの一陣の風の中から聞こえて来た声は母上様だったのか、それとも弁財天様のありがたい思し召しだったのか、いずれにしても暗黒の迷いの淵から自分を明るい希望の中に救い上げてくださったのがあの風だったのだ。

老検校の脳裏を走馬灯のように追憶が駆け巡っていく。江戸に出て山瀬琢一の下で修行した日々、鍼の技を会得できず琢一に破門されて絶望し、弁財天の御慈悲に縋ろうと江ノ島で二十一日間の断食行をおこない、そこで管鍼術を授かり、再び江戸に戻って琢一の元で修行を続けたこと、更に琢一の推挙により京都の入江流学問所の門人となって入江豊明に師事し、研鑽を積んだ末に江戸で開業するとたちまち名医として評判を得たこと、やがて盲人が就く最高位の検校に就任し、「鍼治学問所」を創立し、五代将軍綱吉の病を治したことから奥医師に任じられて以後、今日まで順風満帆に歩んできたこと等々、振り返れば若き日に抱いた、盲人に技術を与えて生計を立てる道を切り拓くという大志はこうして見事に結実しているではないか。そしてその偉業を成し遂げる最初の一歩は、紛れもなくあの春の晩に聞いた風の声だったのだ。

二の風

己の首ががくんと傾いた衝撃で三島安一ははっと正気に返った。うっかり居眠りをしてしまったらしい。改めて居住まいを正すと、それと気づいた弟子が気遣わし気に尋ねた。

「お師匠様に何か？」

いや、と安一は自分の額を叩きながら応えた。

「そうではない。つい居眠りをしてしまった」

弟弟子が間髪を入れずに言った。

「安一兄様はここ数日ほとんど寝ずの番をなさっておいでです。さぞお疲れでございましょう。他の者に替わってもらって少しご休息をお取りくださいまし」

「それには及ばん」

応えて安一はふうっと息を吐いた。夜も日もあけず看病を続けてきたので疲労困憊しているのは確かだった。だがここで師匠の傍を離れることなど考えられない。ほんの少しでも自分が目を離せば、つい目前まで迫った死神が師匠の命を根こそぎもぎ取っていってしまいかねない危惧がある。どうあってもここから離れる訳にはいかないのだ。

「白湯を一杯持って来てもらえんか」

背後に控えた弟弟子にそっと頼むと、しばらくお待ちを、と応えて膝立ちで出て行く気配がした。安一は気を取り直し、今しがた見ていた夢を思い返そうとした。夢とも現ともつかぬ記憶の断片を手繰っていくと、一人の女性の姿が浮かび上がってきた。

おセツさん！　と彼は心の中で呟いた。昨日、大雨の中を和一の病回復を祈願するために江ノ島まで出かけて行ったセツだ。安一にとっては長年姉のように親しんできた存在だが、無論、盲目の彼は肉眼でセツの姿を見たことはない。だが長年馴染んだ声音やしゃべり方からいつの間にか彼の脳裏にはある特定の姿形を持つ女性像が出来上がっていた。セツと向かい合って話していると、幼少時に見覚えていた幾人かの女性達の面影が重なってくる。小柄で優しくいつも笑顔を絶やさないが、同時に強い意思を持った顔立ちの女性、そんな面影がいつも自分に向かって微笑みかけてくる。昨日もセツは覚悟を決めた口調できっぱりと言った。

「どうぞ行かせてくださいまし。こうなったらもう検校様のお命をお救いするのは弁財天様の御慈悲に縋る他ございません」

そして雨の降りしきる中を出かけて行った。

あれから彼女は無事に江ノ島に辿りついただろうか？　毎月の和一の江ノ島詣でにセツも必ず付き添っていたから、慣れた道中ではある。多分今頃は下之坊恭順様の取り計らいで末社に籠って一心に祈願している最中だろう。その姿を想像して安一は繰り返し祈った。

おセツさん、どうかどうかお願いします。

「必ず」と応えたセツの声が遥か昔、京都の和一宅で初めて出会った頃の若かったセツに重なってくる。

「三島安一さんとおっしゃるのですね。あら、今年かぞえで十四歳？　私の末の弟と同じくらいの年恰好だわ。それにしては随分しっかりしていらっしゃること」

そう言って明るく笑ったセツの声が未だに安一は忘れられない。

「安一さん、これからは私が身の回りのお世話をさせていただきますから、何でも遠慮なくおっしゃってくださいね」

セツは明るく気さくな人柄の女性だった。まめまめしく立ち働いて身の回りの世話一切を引き受けてくれるので、安一はてっきり和一の妻だと思い込み、お内儀様ですかと尋ねたことがあった。するとセツは笑いながらあっさり否定した。

「いいえ、女中ですよ」

和一の郷里、伊勢の国に生まれたセツは最初は杉山家に奉公に入り、隠居暮しの和一の母親の身の回りの世話をしていた。その働きぶりが母の眼鏡にかない、和一の世話をしてほしいと懇願されたのである。

「息子は京都の鍼医師の大家、入江流の門下で修業を積み、このほどめでたく免許皆伝となって京都で開業したけれど、盲目の身で一人暮らしでは何かと不自由であろうから、おセツ、お前倅の身の回りの世話をしに京都に行ってはもらえまいか？」

和一の母がセツに目をかけたのは、その気立ての良さと勘の良さに加えて読み書きができるという点だった。下級武士の家に生まれたセツは一通りの素養を身に着けていた。まだ若い娘だがどこか肝が据わっている。これならきっと和一の医術家業に役立つと察した母は、是非にとセツを京都に送り込んだのである。その期待に応えてセツは盲目の和一に精一杯尽くした。それから一年後、少年だった安一が和一の居宅に転がり込んできた。一六四七年のことである。

三島安一は丹後で生まれた。幼くして視力を失い、鍼医を志願して十四歳の時に京都の入江流学問所の門戸を叩いた。盲目の鍼医、杉山和一がそこで修行しているという噂を聞き知ってのことだった。自分同様、盲目の身で鍼医療を志し、腕を磨いている杉山和一の存在を知って同じ境遇の安一はどれほど励みになったか知れない。おおいに発奮し、彼に続けとばかりに京都へ出て来たのである。だが和一はすでに免許皆伝となって学問所を出ていた。事情を聞いた入江豊明は、開業した和一の元へ弟子入りして修行するようにと安一に勧めた。そこで和一の居宅を訪ねてみると、あらかじめ入江豊明から連絡を受けていた和一は喜んで安一を内弟子として迎え入れてくれた。和一の弟子第一号である。その日から安一は和一、セツとともに一つ屋根の下で暮らすことになった。

今出川通りから二筋ほど下った民家の立ち並ぶ中の質素な家だったが、どこで聞き知ったか治療客は絶えることなく訪れていた。セツの話によれば、開業したばかりの頃はほんの僅かだった客がそれからそれへと口伝いに増えて、今ではありがたいほど繁盛しているという。それというのも和一の腕の良さと誠実な人柄が評判となって客達に伝わったからなのだ。確かに和一の暮らしぶりは鍼療治一筋だった。

朝食を食べている最中にでも突発的な症状を訴えて転がり込んで来る者がいると、和一はすぐさまその人を室内に迎え入れて治療を開始する。その傍らで自分だけのうのうと食事をする訳にもいかず、安一もただちに和一の傍らに座って治療の経緯を見守ることになる。和一と共に暮らすことそのものが安一にとって厳しくも充実した修業だった。和一が施術をおこなう傍らでそのやりとりを聞き、ときには腹診や脈診の取り方を実地で教えてもらう。起きている間中の全てが真剣勝負なのだ。診療の合間には部屋の隅に山積みになった書籍の中から『黄帝内経』や『難経』などを一冊ずつ取り上げて古典の基本概念を叩き込まれた。この場合はセツに本を読み上げてもらいながら、傍らで和一が講釈するという方法を取った。

「お前さんは覚えが早いね。私なぞ初めて山瀬先生の内弟子に入った頃は右も左もわからなくて往生したよ。何を聞いても何をさせられてもちんぷんかんぷんだ。なにしろそれまでは親の屋敷でぬくぬくと育てられて掃除も炊事もろくにできない世間知らずだったからね。山瀬先生はよくもこんな箸にも棒にもかからない木偶の坊を辛抱強く面倒見てくださったものだ」

そう言って和一は愉快そうに笑った。

「経穴の名前なんぞ何べん聞いても覚えられなかった。名前と位置が一致しなくてな。そんな呑み込みの悪い私に山瀬先生は辛抱強く手取り足取り教えてくれたが、その瞬間は覚えたつもりでも翌日になるとケロリと忘れている。流石の先生も終いにはさじを投げていたよ」

自嘲的に笑ってから、和一は真面目な口調に戻って諭すように言った。

「こんな出来の悪い者でもあきらめずにこつこつ努力すれば必ず報われる時が来るものだ。頭の優劣は関係ない。とにかく一にも努力、二にも努力、弛まぬ努力あるのみだよ」

はい、と安一が神妙に応えると、和一は更に言葉を続けた。

「だがそれに加えて学ぶ環境に恵まれているというのも大事なことだ。山瀬先生も盲目の身、古典の学問を教えるときは近所の読み書きの心得のある者を頼んで本を読み上げてもらわねばならなかったが、それがどうも私には腑に落ちないことばかりでさっぱり頭に入らなかった。後になって思えば、読み手自身が漢方に疎い人だったから内容をまったくわかっていない。そのわからないものを聞かされてもこちらも何も呑み込めなかったという訳だ。それが入江流学問所で学ばせてもらうようになってから、目から鱗が落ちたような心持ちがした。門人たちが声を揃えて教本を読み上げるのを聞いていたら、自分でも不思議なくらいその意味がすんなり理解できたのだ。我々盲人は自分で教本を読むことができないから、読み手次第で随分伝わってくるものも違ってくる。それを思えば今のお前さんは恵まれているよ。おセツさんはたいした読み手だからね。門前の小僧、習わぬ経を読むの例え通り、この人は私の身の回りの世話をしてくれながらいつの間にかすっかり古典の内容を覚えてしまったんだよ」

褒められてセツは恥ずかしそうに笑った。

「言われるほどたいした読み手ではありませんよ。繰り返し読みあげているうちに読む要領が良くなっただけです」

「とにかく安一、お前さんは鍼医を学ぶことにかけては私よりずっと恵まれた環境にあることは間違いない。しっかり学んで私を凌ぐ腕を磨きなさい」

寝ている時と食事の時以外、和一はひたすら鍼の研究に没頭していた。いや、食事中でも何か閃くとすぐ箸を置いて鍼に持ち代え、ちょっと安一、と隣室へ弟子を引っ張って行って臨床を始めてしまう。この人は本当に研究の虫だと安一はつくづく感心した。

管鍼法《かんしんほう》を手ずから習った時はその便利さに驚いた。彼は和一の元を訪れる以前に多少鍼の打ち方を習っていたが、鍼を直接経穴に立てて打つ撚鍼法《ねんしんほう》は難しかった。それに比べて細い管に鍼を入れて立て、管の先にわずかばかり出ている鍼の頭を軽く打つ管鍼法は驚くほど正確に、しかもほとんど無痛で打つことができるのだ。これはすごい！　と感嘆の声を上げると、和一は嬉しそうに答えた。

「これはな、天からの授かりものなのだよ。私の不器用さに免じて弁財天様がお授けくださったありがたい技なのだ」

後年、江戸で杉山和一の名声が高まるにつれ、和一が江ノ島で断食祈願の末に弁財天から管鍼の技を伝授された下りが伝説として江戸中に広まったが、それはいささか誇張された荒唐無稽なものだった。

——江戸に出て山瀬琢一の下で修行に励んだものの、不器用だった和一は五年経っても上手く鍼を打つことができず、琢一に破門されてしまった。そこで江ノ島弁財天にお縋りしようと江ノ島に出かけ、岩屋に籠って二十一日間の断食祈願をすると、結願の日に岩屋の中に金色に輝く弁財天が現れて手にした管鍼を和一に授けた——。

この逸話を聞いて安一は首を傾げた。

「お師匠様、これは本当のお話なのですか？　実際に弁財天様にお会いになったのですか？」

すると和一はカラカラと笑った。

「二十一日間岩屋にこもって断食行をおこなったのは本当だが、絵に描かれたような弁財天様が目前に姿を現したというのは芝居の話だよ」

管鍼術を会得したいきさつについて、その後も和一は周囲の人達や大勢抱えることになった門人達に何十回何百回となく繰り返し話すことになったが、問われる度に面倒がらずに丁寧に語って聞かせていた。

「神仏のお導きというものはごく普通の日常の中に示されている。何も大袈裟な芝居がかった特別のものではない。ありがたいお導きを授かっていても、心なくば気づかずに過ぎてしまう。己の邪心を捨て、偏見やこだわりを捨ててひたすらに求めれば、ささいな事象の中に神仏の思し召しが表わされているのに気づくことができる」

まずは毎回そう前置きしてから管鍼を恭しく掌に乗せ、遠い昔を懐かしむような口調で語り出すのだった。

親許を離れて江戸の山瀬琢一先生の下で修行に励むこと約五年、私なりに努力してきたつもりだったが、修業の成果ははかばかしくなかった。経穴を覚えるだけでも四苦八苦している上に、鍼を打つのがたいそう下手でな、先生が「三里に打ってみなさい」と自らの膝を差し出してくれてもまともに打つことができないのだ。生来緊張しやすい性質で、集中しようとすると指先が震え出す。おまけに汗っかきで鍼を持つ手が滑ってしまうのできちんと鍼が刺さらない。焦れば焦るほど鍼は曲がり、とんでもない方向にずれてしまうのだ。そんな私に先生は最初の頃こそ「焦らなくても大丈夫。気楽に打ってごらん」と励ましてくださったが、五年経ってもいっこうに上達しない有様には流石の温和な先生も業を煮やされたようだ。ため息まじりにこうおっしゃった。

「和一、五年修業してもお前の鍼の腕は箸にも棒にもかからない。お前に素養がないのか、私の教え方が悪いのか、いずれにしてももうこれが限界だ。残念ながらこれ以上お前を指導することはできん」

要するに破門だ。それ以前から自分でも己の未熟さが情けなく、果たして鍼術を会得できるのかどうか疑心暗鬼だったが、それを口にする前に師匠に先に引導を渡されてしまったのだ。私は絶望した。広く世間の役に立つ人物になろうと決意を固め、理想に燃えて江戸に出てきたものの、世間はそう甘くはなかった。鍼療治はおいそれと会得できる技能ではなかったのだ。自分の甘さをつくづく情けなく思った。

それから何日かして先生の連絡で親元から使わされた従者が私を迎えにきた。意気揚々と江戸に向かった息子を快く送り出した両親は、その息子が破門されたと聞いてどれほど落胆しただろう。父上からの言伝は、とりあえず国元に戻ってこれからの身の振り方を考えよとのことだった。こうなっては仕方がない。従者に手を引かれて江戸を後にしたが慙愧の念に堪え切れず、東海道を上って行く道々思案し続けた。やはりこのまま親元に戻ることなどできない。両親は破門された息子を不憫に思い、屋敷で好きに暮らすようにと言うだろう。そうしたら一生日陰者として妹夫婦の下でごく潰しのように生きていくしかなくなるのだ。それは死ぬほど辛いことだ。するとあと残された道は音曲で身を立てていくしかなさそうだ。以前、琴三味線の手ほどきを受けたこともあったが、その時は気乗りがしなかったせいもあってさっぱり腕が上がらなかった。だが今回は違う。ここで奮起しなければ私には他に道はないのだ。東海道から伊勢街道へ入らずにそのまま京都に行こう。京都で適当な師匠を探して音曲の修行をしよう。道すがらそう決心すると少し気が楽になった。

転機が訪れたのは藤沢宿に差しかかった時だった。ふいに江ノ島に立ち寄ることを思いついた。江ノ島には弁財天様が祀られている。弁財天といえば、母上様が娘の頃からせっせとお参りに通っていた神様だ。母の実家では守り神として先祖代々崇め奉ってきたと幼い頃から聞かされている。私自身も幼少の頃母に連れられて近在の弁天様にお参りしたことがあった。学問に秀でるように祈願しろと教えられてな。その弁天様の代表的な三大弁天の一つが江ノ島に祀られている。これは是非江ノ島の弁財天様にお縋りして、開運を祈願しなければと考えた私は、従者を藤沢宿に残して一人江ノ島に向かった。大願成就を祈っての断食行、つまり江ノ島の本社である上の宮、末社の下の宮、そして天女窟を日に三度巡拝するのだ。

まずは岩本院に籠るところを拝借したいと申し出たが、その時の私は埃にまみれた旅姿のみすぼらしい乞食坊主といった風体だった。しかも何の伝手も持っていない。胡散臭い人物と思われ、言下に断られた。次に上之坊に頼んだがやはり断られ、やむを得ずその夜は岩屋にて一夜を明かした。翌日もう一度上の宮に出向こうと岩屋を出たところで運良く下の宮の宮司、恭順様に出会った。私はよほど追い詰められた様相をしていたのだろう。恭順様はどうなさいましたかと声をかけてくださり、訳を話すと下の宮の末社を籠り堂として提供してくださった。

　地獄で仏とはこのことだ。恭順様は私とほぼ同年代の若い宮司で、非常に信仰心の厚い純粋なお方だった。おかげで末社に籠り、七日七晩の行に入ることができた。飲まず食わずでひたすらに祈ったが、何の「神応」もなかった。実を言えばこの時点では私はまだ心を決めかねていたのだ。第一に祈ったのは歌舞音曲の習熟だったが、心の底では鍼療治への未練が断ち難く、混沌とした心を抱いたまま断食に臨んだというのが正直なところだった。そんなどっちつかずの心境で御神託が下る訳がない。次の七日も何の神応もなかった。失望して籠り堂から出て行くと、恭順様はやつれ果てた私を見て断食を止めるよう再三忠告なさった。だが私は聞き入れなかった。これまでの断食ですでに身体は弱り果て、意識は朦朧としかかっていたが、それならそれでいいと思った。自分が本当に成すべき道を弁財天様にお示しいただきたい。全ては弁財天様のお心のまま、もし何の啓示も示されなければ、それはすなわち死を意味している。お前はこの世に必要のない者なのだと言い渡されたに等しい。もしそうなら潔く死のう、そう覚悟を決めて私は三度目の断食に入った。

身はやせ細り、意識も半分虚ろな状態で食を断ち、一心に祈るうちに心の矛盾が顕わになり、葛藤が渦巻き出した。

自分はこれから京都に上って音曲を学びたいと本心から願っているのか？　それを一生の生業にして行く覚悟ができているのか？　故郷を出るときに抱いた大志はどうしたのだ？　まだほんの僅かな間しか鍼に触れてもいないのにもうあきらめるのか？　お師匠様に一度破門を言い渡されただけで断念してしまうのか？　あの時の決意はそんなに浅いものだったのか？　一生をかけて鍼修行に取り組もうと一旦決心したのなら、人に何と言われようと石にかじりついてでも初心を貫くべきではないのか？　そんな思いが日夜錯綜した。肉体は日々痩せ衰え、まさしく骨と皮ばかりでかろうじて座位を保っていたが、意識は混濁し、引いては寄せる波のように妄想が絶えず襲いかかってきた。己が生きているのか死んでいるのかさえ定かでない混沌の狭間に自らを追い込んだ時、ついに己の本心を突き止めることができた。

私が本当に望んでいるのは、鍼療治を極めたいということだけだ！　何としても鍼の技術を会得し、世の人々のために尽くしたい！　それこそが私の生きる意義だ。それ以外に盲目のこの身がこの世に存在する意味などない！　それをはっきりと自覚した時、一切の迷いも悩みもすっぱりと切り捨てることができた。それからはただ一筋に弁財天様に祈った。

どうかこの未熟な私にお知恵をお授けください！　鍼術の技を身に着ける術をお教えください。この身は一生鍼療治に捧げます。どうかどうか弁財天様の御慈悲をお与えくださいまし！

その一念だけが衰弱した肉体をかろうじて支えていた。何度か月が昇り、陽が沈み、江ノ島の岩場に打ち寄せる波音が遠く低く響いていくうちに、飲まず食わずの七日間は終わった。だがやはり何の啓示も授からなかった。結願の朝を迎えて私は放心したように籠り堂を出た。まだ日の出から間もない頃で、周囲に人の気配はなかった。意識は鈍く心は虚ろだったが、天女窟に参詣しなければという使命感が衰弱した体を突き動かしていた。杖を頼りによろめく足取りで岩屋へ向かい、茫然自失の状態で弁財天様にお参りをした。そんな気力が残っているのが我ながら不思議なくらいだった。神応を賜れなかった無念さも感じないほど精も根も尽き果て、何をどうしたのかも覚えていなかったが何とか参拝だけは済ませたらしい。下の宮へ帰ろうと岩屋を出て歩きかけた時、あの風が吹いたのだ。妙に温かな優しい風が、遥か昔に出合ったことのある妙に懐かしい風が首筋から頬にかけて撫でるように吹き過ぎていった。その時、誰かの声が聞こえたような気がした。

「迷わず真っ直ぐに進んでお行きなさい」

私は思わず振り返って声の主を探そうとした。とたんに何かに躓《つまず》いて前のめりに転んだ。萎えた体で起き上がることもできず暫くはそのまま枯れ木のように転がっていたが、我に返った時、自分が何かを摑んでいることに気づいた。筒形に丸まった葉っぱとそれを貫いて包まれている一葉の松葉だ。思考が鈍っていたのでしばらくはただ掌でその葉っぱを弄《いじ》っていたが、突然ある考えが閃いた。

そうか！　この松葉が鍼とすれば、それを包み込んでいる葉っぱは筒のようなものだ。この筒を細い管に替えて鍼を通し、それを皮膚に立ててみたらどうだろう。鍼頭を叩けば狙った経穴に正確に針を打ち込むことができるかもしれない。さすれば盲人でもらくに鍼を扱える筈だ！

そう気づいた私は思わず全身がガクガクと震えだした。これぞ弁財天様の神応ではないか！　急に涙がとめどもなく溢れ出てきてその場にひれ伏し、ありがたさのあまり繰り返し額を地べたに擦りつけた。そうして土と涙に塗れて座り込んでいると、遠くから恭順様の呼ぶ声が聞こえて来た。私を案じて下男の清助とともに探しに来てくれたのだ。ほどなくへたり込んでいる私を見つけて駆け寄ってきた。恭順様の温かなお声を聞いて私は思わず感泣しながら手に握りしめていたものを差し出した。

「ご覧くださいまし。ありがたい御神託を賜りました！　たった今、弁財天様がこれをお授けくださったのです」

そう言いながら泣き続けている私の傍らに屈み込んだ恭順様は、木の葉と松葉の意味はわからないものの、何か非常にありがたい授かりものであることを感じ取ったらしく、ほおっと感嘆の声を上げながら私の肩を叩いてくださった。
「これは素晴らしい！　和一殿、あなたの真意が天に通じたのですよ！」
この瞬間、私はこの世に神も仏も存在すること、一心に祈れば必ず通じるということを体現したのだった。

弟子の安一はこの話を何度も聞かされてきたが、聞けば聞くほど途方もない話だと思った。たかが丸まった葉っぱとそこに突き刺さった松葉でも、心ある者が見ればそこに驚くべき意味を発見することができる。その心が肝心なのだ。心を磨かなければと彼は師匠の言葉をそう解釈し、己の胸にしっかりと刻み付けたのだった。

その後和一は江ノ島を出て再び江戸に戻り、山瀬琢一に事の次第を告げた。琢一もたいそう喜び、和一の鍼療治に対する熱意を本物と認め、それから更に五ヵ年、門弟として指導してくれた。江ノ島での一件はこのようにして和一の鍼療治に対する覚悟を決めさせる人生の大きな転機となった。

　更に和一は山瀬琢一の勧めで京都の入江流の鍼術を学ぶべく京都に上った。琢一が師事した入江中務少輔《なかつかさのしょう》（良明）はすでにこの世を去っていたので、和一はその息子、豊明の門人となり随従修業すること七年、鍼業を研鑽熟練し、古今の妙術を会得したのだった。免許皆伝となっても和一は律儀に入江流学問所に足しげく通った。そんな時はセツが和一の手を引いて今出川通りを延々と歩いて北野天満宮に近い学問所まで付き添って行った。和一を送り届けるとセツは大急ぎで居宅に駆け戻り、敷布や衣類を洗濯したり室内の隅々まできれいに掃除したりと一寸も休むことなく働いた。仕事の合間には近所の林から山野草を一輪手折って来て治療室の片隅に飾ると、部屋中が香しい匂いに満たされる。そんな心遣いも忘れない女性だった。

　セツが気を配るのは居宅の隅々から和一の身辺一式まであらゆるところに行きわたっていた。「鍼療治の先生はいつも清潔にしていなければいけませんよ」と、盲目の和一の身だしなみに気を配り、頭髪や髭が伸びぬようにまめに剃ってやり、治療に当たる時の衣服や入江流学問所に出かける時の袴や羽織などは特にきちんと整えてやった。おかげで和一は常に小ざっぱりとした成りを保ち、清潔この上なかった。和一が一日中部屋に籠もって治療に明け暮れていると、セツはたまには外の空気を吸いましょうと気分転換に外に連れ出し、近くの寺の境内を一緒に散策したりもした。

安一が内弟子に入った頃には和一も入江流学問所までの道筋を覚え、天気の良い日には自分一人で杖を頼りに出かけて行った。

「たまにはおセツさんも一休みしなさい」

そう申し付けて出かけて行くのだが、するとセツは安一に牡丹餅《ぼたもち》を作ろうと提案する。

「牡丹餅ですか？」

「そうです。和一様のお母上様から直々に習ったのです。和一様は幼い頃から牡丹餅が好物だったそうな。たまにはご褒美に作って差し上げましょう」

そして安一には蒸した糯米《もちごめ》をすり鉢で搗かせ、自分はいそいそと小豆を煮て餡作りをするのである。夕方帰宅した和一は、差し出された牡丹餅に子供のように無邪気にはしゃぎ、実にうまそうに食べた。

少年の安一から見てもセツは和一にとって単なる使用人以上の、かけがえのない存在であるように思えた。そこである日こっそりセツに尋ねてみた。

「おセツさんがお師匠様の奥様だったらいいのに。どうしてお二人は夫婦にならないのですか？」

セツは言下に否定した。

「奥様なんてとんでもない！　私は使用人の分際ですよ。滅多なことはおっしゃらないでくださいまし」

でも、お師匠様だっていずれは妻を娶るでしょうと安一が食い下がると、セツは真面目な口調できっぱりと言った。

「和一様は一生独身を貫くおつもりです。江ノ島の弁財天様に祈願した折に、生涯妻は持たないと誓われたのですから」

これには安一は黙るしかなかった。弁財天様への誓いとあっては納得せざるを得ない。それでも和一にまめまめしく尽くすセツの姿を傍で眺めていると何とも胸が痛んだ。

「おセツさんは寂しくはないのですか？」

安一が遠慮のない調子で尋ねると、セツは不思議そうに首を傾げた。

「私が寂しい？　どうして？」

だって、と安一が子供っぽく口ごもると、それを察したかのようにセツは笑って答えた。

「私はあの方を見ているだけで幸せな気持ちになるのですよ。あんな純粋な方は他におりませんもの」

そして少し恥じらうように言葉を続けた。

「和一様の国元の御隠居様のお傍に仕えていた頃、よく御隠居様から聞かされていたものです。うちの倅は子供の頃眼病みになり、家督を継ぐこと叶わず、かといって屋敷内で安穏と暮らすことも望まず、厳しい鍼療治の修行を自ら選んで家を出ていったのですよ、と。御隠居様にとって本当に誇らしい息子だったのでしょうね。事あるごとに話題にしておいででした。私もたいそう興味を持ちまして、どんなお方なのか是非一度お会いしてみたいと思っていたのです。だってお武家様の御子息が盲目になったからといって、一般庶民のように当道座に入って音曲やら按摩の身分に甘んじるなど世間の常識では考えられないことですもの。一体どうしてお武家の若様が武士の身分を捨ててまでそんな決心をなさったのか、その本意をお聞きしてみたい興味がわいたのです」

はあ、と安一は曖昧に頷いた。確かにそう言われればそうだ。庶民の彼は幼少時に盲目になった時点で当道座に加入するのは当然のことと思っていたが、和一は庶民ではない。当道座の厳しい戒律に縛られて不自由な身分に甘んじる必要はなかった筈だ。

「私はこれでもけっこう若いうちに世間の風に晒されて生きてきましたから、人の狡さも浅ましさもそれなりに知っています」

そう言うとセツは下級武士の家に生まれ、食い扶持を少しでも減らすために十五歳で嫁に行った自分の身の上を淡々と語り出した。嫁いで三年経っても子供が授からなかったために婚家で辛く当たられたこと、やむなく実家に戻ってみても相変わらず貧乏で、親からも庇ってもらえるどころか自分の食い扶持はどうにかしなければならなかったこと、そこで人づてに紹介されて杉山家に奉公に入ったまでのいきさつである。和一の父は少し前に亡くなり、隠居所には母親一人が暮らしていた。セツが命じられたのはその人の身の回りの世話だった。人の出入りの少ない寂しい後家暮らしに若い娘が入って来ると、何かしら空気が華やいでくる。和一の母は心慰められ、すっかりセツが気に入った。やがて和一が学問所を出て独立したという知らせを聞くと、セツを和一の世話係にと真っ先に思いついたのである。

「お会いしてみると和一様は確かに御隠居様のお話し通りの方でした。世間の思惑などに振り回されることなく自分の信じた道をまっしぐらに歩んでいる方、欲も得もなく本当に鍼療治一筋に生きている方なんだ。こんなに純粋な方がこの世においでになるのかと感動で胸が震えました。それまでの私は人の愚かさや汚さを身に沁みて味わってきましたから、和一様に接していると何か自分の心の中の邪心までもが浄められていくような気がしたのです。それだけでもう充分なのですよ」

そう言って笑ったときのセツはまるで菩薩のようだと安一は思った。かねがね和一が口癖のように言っていた「セツ殿は私にとって菩薩様だ」という言葉が実感として伝わってきた。彼ら二人は何か見えない強い絆で結ばれているのだと思うと、こんなにセツに慕われている和一が少し羨ましく思えてくる。

安一には打ち明けなかったが、セツには秘めたる想いがあった。彼女が和一の元へ来て一年ほど経った日のことである。夜更けてふと目を覚ますと隣の部屋で休んでいる筈の和一の気配がない。セツは寝床から半身を起こし、そっと隣の部屋を覗いてみた。待合室として使っている三畳間が夜はセツの寝室に当てられていた。その部屋と襖を隔てた隣の六畳間は治療室兼和一の寝所、部屋の南側には小さな庭があり、そちらに向いて開いた障子の陰に人の背中が見えた。目を凝らして見つめると、濡れ縁に座り込んでいる和一だった。満月に近いややいびつな月が煌々と狭い庭を照らし出し、草木の陰から虫の音が湧き上がるように庭中に響き渡っている。和一はその虫の音に耳を傾けているのか、もしくは何ごとか思索している様子だった。思索の邪魔をしてしまっては申し訳ないので声をかけようかどうしようか迷っていると、和一が背中を向けたまま言った。

「セツさんか？」

息を飲みながらセツは、はいと小さく応えた。この人は背中に目があるのかしら、ほんのささいな気配でも感じ取ってしまうなんて！

しばらくは動かずにじっと見守っていると、また和一が言った。

「こちらに来て一緒に虫の音を聞かないか？　何とも言えぬいい音色だよ」

ああ、やっぱり虫の音に聞き入っていたのかと安堵したセツは六畳間を抜けて和一の傍に擦り寄って行った。

「ところで今はまだ宵の口かい？」

セツが傍らに座ると和一は呑気に尋ねた。

「鈴虫の音に聞きほれてとりとめのないことを考えていたらつい時間を忘れてし

まって、夕方なのか夜明けなのかわからんのだ」

セツは思わず吹き出しそうになった。

「お月様が頭の真上に昇っていますからけっこうな夜更けです。今夜は昼間のように明るい月夜ですよ」

和一は驚いたように頭上を見上げた。

「そうだったのか！　満月かね」

「いいえ、まだちょっといびつですけど、あさってあたりが満月でしょう。寝ているのがもったいないくらいきれいなお月様！」

セツがうっとりと言うと、和一はしばらく眼を閉じて脳裏にその月を思い描こうとしているようだった。それから茶目っ気たっぷりにこう言った。

「それならここで座って月を見上げているよりもいっそ月夜の散歩と洒落込もうか」

えっ、とセツは目を丸くしたが、和一が腰を上げかけている様子を見てそれも悪くないかと考え直した。

「では参りましょうか」

玄関先からいそいそと和一の草履を取って来て、手早く足元に並べた。

大きな図体の和一が小柄なセツに導かれて親子のように歩いて行く。いつもの外出時の体勢だ。寝静まった民家の路地を抜けて表通りに出ると、人っ子一人見当たらない大路が月明かりに照らされてくっきり浮かび上がっていた。その昼間のように明るい真っ直ぐに伸びた道を辿って行くとやがて竹林が行く手を遮り、迂回路の突き当たりにお堂が見えて来た。時折散歩に行く馴染のお堂だ。森閑としたその建物の裏手に回って行くと、思いがけず一面に芒の原が広がっていた。頭上の月は冴え冴えと輝いて森羅万象を白々と浮かび上がらせ、芒の穂が銀色の波のように揺れている。その白銀の波間から立ち昇ってくるのは賑やかな虫の音、マツムシ、スズムシ、クツワムシがピーヒャラヒャラリと景気の良い秋祭りのお囃子さながらの音色を鳴り響かせている。昼間とは別世界の不思議で怪しいその情景に、セツは思わずまあっと感嘆の声を上げた。傍らから和一が、どんな場所なのかと説明を求めてきた。

「北のお堂の裏の芒の原ですよ。満月にほど近いお月様が煌々と輝いて、一面の芒の穂を銀色に照らし出しているんです。野原全体がまるで大海原が波打っているようで、そりゃあ眩しいくらいに明るいんですよ」

セツが丁寧に説明すると、和一はじっと聞き入りながらしきりに頭の中で想像を巡らせていた。

「セツさんは説明がうまいなあ。本当に目の前に芒の原が見えるようだよ」

褒められてセツはすっかり嬉しくなった。

「こんな説明でよろしければいくらでもお話しいたします」

芒の繁みから湧き上がり、天に向かって高らかに鳴り響く何百何千もの虫の音は、和一の家の庭先で密やかに鳴いていた虫達とは随分趣が違っていた。

「まるで豊年満作を祝って浮かれているような音だな。セツさん、もしや草木の下で虫どもが笛や太鼓を奏でてはいやしないか?」

「はい、虫の担ぎ手達が神輿を担ぎ、草の根方を鎮守の森に見立ててピッピ、ピピと練り歩いていますよ」

和一は声を立てて笑った。

「それでは月見に加えて秋祭りまで見物できたという訳だ」

セツもくすくすと笑った。揃ってその場に立ち尽くしたまま、暫くは月の光と森と虫の音が織りなす祭礼をたっぷり楽しんでいた。セツは夢心地だった。このまま月の光の中にとろけて溶け込んでいってしまいそうな気さえした。ふいに和一が真面目な口調で言った。

「おセツさんには本当に感謝しているよ。何から何までありがたいと思っている」

セツは胸がドキンと鳴った。心の臓が早鐘のように打ち始めている。和一がまた何か言った。だがその時一段と甲高く鳴り出したスズムシの音が重なって和一の声をかき消してしまった。えっ？　とセツが仰ぎ見ると、今までに見たこともないほど真面目な表情の和一が真っ直ぐ前を向いたまま話し続けていた。

「鍼治の修行を始めたばかりの頃、挫折して江ノ島の弁財天様のありがたい御加護に救われたことがある。その時、私は弁財天様に生涯妻は娶りません、鍼治の道に一生を捧げますと誓ったんだよ」

セツの胸の内で膨らみかけていた想いが一瞬にして萎んで消えた。言葉が見つからず黙っていると、和一も満月を仰ぎ見るかのように虚空の一点を見上げながら黙り込んでいる。さっきまでの浮かれた気分はどこかへ吹っ飛び、重苦しい沈黙がその場を支配した。

和一が一生妻を持たないと聞いてこんなにがっかりするなんて、自分は何を和一に期待していたのだろうとセツは恥ずかしくなった。自分がこんなに浅ましい人間だったとは、穴があったら逃げ込みたい心境だ。

ややあって和一が砕けた調子で口を開いた。

「月見なんて何十年ぶりだろうなあ！　これもおセツさんのおかげだよ」

セツは気を取り直して応えた。

「いえ、私こそ、子供の頃だってこんなにゆっくり月見をしたことなどありませんでした。お陰様で生まれて初めてお月見というものをじっくり味わうことができました」

「そりゃあよかった」

そう言って明るく笑った和一は、先ほど見せた生真面目な表情からすっかり元の屈託のない笑顔に戻っていた。

帰り道は二人とも殆どしゃべらなかった。いつも外出時には当たり前のように手をつなぎ合って歩いているが、その夜はいつになく握った手が気になった。和一の掌が大きく温かいことをセツは今初めて知ったような気がした。

あなたを信じています。

そんな和一の気持ちがつないだ手から伝わってくる。セツが思わず強く握り返すと、また和一の掌が応えてくる。手をつないでいるだけで百万言を尽くす以上に手は雄弁に心を伝えてくれるのだ。

これでいいんだ、とセツは思った。私よりずっと大きく逞しい和一様がちっぽけな私を信じて頼ってくださっている。それを確かめ合うだけでこんなに心が満たされるのだから、それ以上何を望むことがありましょう。

歩きながらセツは密かに心に誓った。

私は一生涯この方をお守りしよう、この方が望む道を邁進して行けるように、とことんお世話をしよう。


日々は穏やかに過ぎていった。和一にとって鍼療治に明け暮れる生活はそれまでに研鑽を積んできた己の技能を確認し、より自信を高めるための時期だった。安一にとっては毎日がかけがえのない宝のような修練の時だった。そんな二人の身の回りの世話をするセツにとっては心楽しく張合いのある毎日だった。だがそんな京都時代は和一にとって次の飛躍に至るまでの準備段階だったのかもしれない。まもなくその暮らしに終止符を打つ日がやってきた。恩師、入江豊明がこの世を去ったのだ。

豊明が重篤な病の淵にあると知らされた和一は取るものも取りあえず師匠の元へ飛んで行ったが、帰宅した時は一変して放心したような表情になっていた。セツがどうかしましたかと問うと、和一はセツと安一を前にしてやや興奮気味に言った。

「大変なことになった。お師匠様が私に途方もないことを仰せ付けになったのだ」

常日頃、和一の鍼治に対する真摯で誠実な態度と技術の高さを認めていた入江豊明は、その臨終の床で今の世に鍼術秘書を伝えられる者は和一の他にないと明言し、歴代の秘書を残らず授けたというのだ。そして、必ず鍼治の道を後世に至るまで絶えないように行って欲しいと言い残したのだった。

「お師匠様の厚い切なる思いは、私が生涯かけて継いでいかねばならぬ」

和一は自分に言い聞かせるようにそう断言するとそれきり黙り込んでしまった。

それから数日ほど無言のまま何ごとか考え込んでいる様子だったが、セツと安一がはらはらしながら見守っていると、突然二人に向かって宣言した。

「江戸へ行くことにした。お前たちも一緒に行ってくれ。新たな出発だ」

三の風

江ノ島下之坊の宮司恭順は明け方の空を仰いで目を細めた。昨夜来の風雨はすっかり収まり、紺碧の空に海鳥が遠く呼び交わしながら群れ飛んでいる。寝所から一歩外に出ると風にちぎられた木の枝や葉が境内のそこここに散乱して、昨夜の風の強さを示していた。その枝を踏みしめながら末社の籠り堂に向かう。あのお堂で一晩中寝ずの祈願をしていた人のことが気がかりでならない。今時分は疲れ果てて眠っているだろうかと案じながらお堂の入り口までやって来るとそっと中を覗き込んだ。薄暗い室内に目を凝らすと、こちらに背を向けて背中を真っ直ぐに伸ばした姿勢で一心に祈り続けている人の姿が見えた。恭順は少し驚いた。

まさか昨日から一睡もせずにあの姿勢で祈り続けていたというのか？

その人は江戸の検校、杉山和一の使用人というよりも内妻というべき存在のセツだった。昨日、風雨をものともせずに小舟で浅瀬を漕ぎ渡ってやって来たセツから、検校の病治癒を祈願するために祈祷所へ入らせて欲しいと懇願された時は唖然とした。だが彼女に真剣な表情で頼まれては断る道理はない。セツももう還暦に近い年恰好だ。くれぐれも無理はしないようにと念を押して招き入れたが、まさか夜を徹して祈り続けていたとは！　薄明の中でセツの小柄な体は無垢な童女のように見えた。黒髪にかなりの白髪が混じっているが、後ろで束ねた豊かな髪が肩や背に垂れかかっている様は六十近い老女のものとは思えない。しかも背を真っ直ぐに伸ばした姿勢で一心不乱にお題目を唱え続けている姿にはピンと張りつめた気迫が感じられる。声をかけようかと思ったが、恭順はそのままお堂から離れた。あの気迫は只者ではない。そっと見守っていた方がよさそうだと判断したのだ。

玉砂利の上に散らばる木の葉を踏みしめながら恭順は社内に損傷がないかと調

べて回った。半時ほど前に昇った朝日に照らされて、仁王門はじめ本地堂や護摩堂はいつもより輝いて見える。雨に洗われて一段と色が鮮やかになったせいだろう。あの激しい雨に打たれ風に叩かれたというのに、社の建物にはこれといった損傷は見当たらない。恭順は安堵し、境内を一渡り見回してからもう一度末社の方向に視線を向けた。気がかりなのは杉山検校の容態だ。江戸からの使いで検校がここ十日ほど体調を崩していると聞いてはいるが、その傍らで看護しているべきセツが女の身でわざわざ悪天候をついて祈願にやって来るというのはよほどのことに違いない。北東の空を仰ぎながら恭順は深く溜息をついた。

将軍家の奥医師である杉山検校とは五十数年にも及ぶ長いつきあいが続いている。若かりし日の海のものとも山のものともつかなかった和一が、頼る術もなく島を彷徨っていたときに救いの手を差し伸べてやったのが下之坊の宮司恭順だった。彼が断食行を手助けしてやったおかげで和一は大願成就を果たし、管鍼術の技法を会得したのである。喜び勇んで江戸の琢一の元へ戻った和一は鍼医修行に邁進したが、その後も必ず毎月江ノ島に月詣に通ってきた。京都へ上って修行した七年間を除いて、和一は一角《ひとかど》の鍼医師となってからも初心を忘れず、月参りを欠かしたことがないのである。四十歳で江戸に戻り、麹町で開業してからの和一の活躍ぶりは目を見張るものがあった。それまでの地道な努力が実を結び、鍼医としての腕前を世間から高く評価されるようになったのだ。患者は毎日列を成して訪れ、弟子もどんどん増えた。六十歳にして盲人の職としては最高位の検校になり、七十二歳の時には自宅で弟子の育成に当たっていた私塾を改めて、鍼治学問所と銘打って公的な学問所を開設した。いわゆる杉山流鍼治学問所の始まりである。このときすでに彼には柳沢出羽始め各大名屋敷から治療の依頼があり、名医としての地位を確立していたが、貞享二年（一六八五）一月八日、城中に召され、初めて将軍綱吉公の病の治療に当たって見事に治癒せしめた功績から、以後奥医師を任じられることとなった。将軍から厚い信頼を受けて今や飛ぶ鳥を落とす勢いの和一である。若い頃からの和一を知っている恭順としては、あの時のみすぼらしい若者がこんな絶大な権力を握る地位まで駈け上っていくことになるとはまったく予想もしていなかった。だがそこまで上り詰めても和一は昔の恩義を忘れず、未だに律儀に江ノ島に足を運んでいる。

奇特な人だ、と恭順は和一を迎え入れる度に感心した。彼は江ノ島に開運祈願に訪れる人々を数知れず見て来た。弁財天のご加護を授かって見事に運が開けた者も少なくないが、人生が上り坂になっていくにつれて人格が変わり、いつしか初心を忘れて傲慢に陥っていく者やら、良い事が続く時は弁財天への感謝の念を繰り返すくせに、悪いことが起きるとたんに恨みつらみを言い出す者等、人の心の浅ましさも嫌というほど見て来た。それに比べて杉山和一の謙虚さはどうだろう。

「あなたのような誠実な方は他におりませんよ。大願成就して何十年経っても律儀に月参りを欠かさぬ方など滅多におりません」

恭順が江ノ島月参に訪れた和一に向かってそう述べると、和一はきまって控えめな口調でこう答えた。

「最初の一歩がここから始まったのですから、その恩義を忘れたら人としての道から外れてしまいます」

今年の正月、八十歳となった和一はいつものように江ノ島まで初詣でにやって来た。正月とあって弟子達も何人か同行し、賑やかな参拝となった。護摩堂での祈願が一通り済むと一同は宿に入って寛いだが、和一と恭順は人払いをした控えの間で心置きなく語り合うのが毎年の新年の習わしだった。酒を嗜まない和一のために恭順は茶を立て、鎌倉から取り寄せた菓子でもてなした。

「気が付けば私ももう八十の坂に足を踏み込みました」

和一は茶を押し戴きながらしみじみと言った。

「こちらとの有り難い縁ができて足掛け五十余年になりますかな。長いような短いような、あっという間の五十年でした。お陰で若い頃の大志はおおかた叶えられ、もったいないような恵まれた日々を過ごしております」

「それは検校様、あなたの心がけが良いからですよ」

すかさず恭順は指摘した。

「いくら大願成就したとはいえ、五十数年も変わることなく月詣でを続ける方など他におりません。見上げたお心がけです」

すると和一は急に砕けた調子になった。

「いや、恭順様、これはいわば鬼退治というものでしてな」

そしてほう、と目を丸くして次の台詞を待ち受ける恭順に向かって、可笑しそうにこう語った。

「私が日々弁財天様を拝み、感謝申し上げるのもこうして月参に訪れるのも、何かを弁財天様にお願いするためではなく、常日頃から己が天のありがたいご加護の中に生かされていることを忘れぬためですよ。鬼とは要するに己の心の中に住む邪心です。人は苦境にあるときは謙虚だが、順風満帆にものごとが進み、ちやほやする取り巻きに囲まれてくると必ず傲慢に陥る。それが鬼です。傲慢になればば心の目が曇る。さすれば鍼治療の勘も鈍る。そうならぬために大切なのは鬼に心を乗っ取られぬことです。そこで私は、全ては己の力で成したことではなく、弁財天様のお力添えの御陰と繰り返し念じるのですよ。これを忘れたら心を鬼に支配されてしまいますからな」

「なるほど、そういう鬼退治ですか」

そういうことです、と和一は静かに笑って茶碗を膝に下ろした。

「私も近年身に余る地位や名声を頂くに至って、余計に鬼に心を支配されぬよう用心しておるのです。弁財天様にお願いすることといえば、鬼が私の中で暴れ出さぬよう睨み据えておいていただきたいということに尽きますな」

「鬼は外からやって来るのではなく、常に己の身の内にあり、真理ですな」

恭順はカラカラと笑いながら、それで和一は最高位まで上り詰めながら決して初心を忘れないのだと納得した。その証拠に和一は幕府から月俸二十口を賜っているが、それらを惜しみなく鍼治学問所の維持と下之坊への支援に使っているのである。あの仁王門も本地堂も護摩堂も貞享三年三月に和一が寄進して建立させたものだ。護摩堂に至っては和一自らが毎日二座の護摩法を修して将軍家の武運長久と綱吉公四十二歳の厄除け祈願をおこなったことが大奥にも聞こえ、将軍生母の桂昌院が涙を流して喜んだと評判になり、大奥の女官達が江ノ島代参に足しげく訪れるきっかけともなった。その後も和一は下の宮の拝殿、幣殿をはじめ山王宮、八大竜王宮、十宮神宮などの堂を次々に建立している。江ノ島内で下之坊ばかりが繁栄しているのはひとえに和一の功績に寄るところが大きいのである。

その和一が今、重篤な病に陥っている。恭順の心配は深刻だった。杉山和一という人物は恭順にとって同朋、盟友ともいえる存在だ。その盟友を失うのは片方の翼を失うに等しい。何故なら彼の死去は江ノ島内の力関係にも大きな影響が及ぶことを意味しているからだ。

江ノ島には江戸時代初期、岩本坊、上之坊、下之坊という三つの別当坊があり、それぞれが領地を持っていた。近年、江ノ島弁財天信仰が盛んになり、参詣者の増加に伴って島内秩序形成をめぐって三つの坊の間で度々争論が繰り返されるようになった。そもそものきっかけは岩本坊が仁和寺直末《じきまつ》となったことから「岩本院」と名乗り、総別当として一島支配体制の一元化を推し進め出したことにある。すでに上之坊は岩本院支配に屈したが、下之坊恭順は抵抗し続けている。そんな状況で杉山和一と縁ができたのは、恭順にとっても大変な幸運だった。

だが、と恭順は不安の陰りが胸を過るのを感じながらもう一度海の方へ視線を向けた。ぐんぐん昇ってきた朝日の下、潮の引いた砂浜では人々がさかんに打ち寄せられた貝やら海藻やらを採っている。対岸の片瀬の砂浜にも小舟を引き出そうとする漁師達の姿がちらほら見える。嵐が過ぎた海辺では早人《はや》々の日々の営みが開始されようとしているのだ。その様子を目を細めて眺めながら、恭順は己の不安を打ち消すように今年の初詣での折の杉山検校の笑顔を思い浮かべた。屈託のないおおらかな表情だった。あの人はまだまだこの世で成すべき務めを負っている。そんなに簡単に逝くこともあるまい。そう気を取り直すと恭順は踵を返して社務所に向かった。

丁度下男の権蔵が熊手を手に社務所から出て来たところだった。

「恭順様、お早いことで」

のんびり言いながら若い下男は境内に散乱した木の葉や木片の掃除を始めていた。

「権蔵、昨日おセツ様に随行して来た検校様の下男はどうしている？」

すると権蔵は社務所で寝ていると答えた。夜明け近くまでは籠り堂のお方を案じて寝ずの番をしていたが、嵐の過ぎるのと同時に急に眠気が差してきたらしい。今は他愛もなく眠りこけているると少し可笑しそうに言った。

「そうか、寝せておいてやれ。あの者も昨日は風雨の中、セツ様をお守りしながらここまでやって来て相当疲れた筈だ」

はい、と応えて権蔵はせっせと境内の掃除を続けた。

日が高く昇り始めた頃、江戸からの飛脚が到着した。護摩堂でのお勤めを終えて社務所に戻って来た恭順は息せき切ってやって来た飛脚の姿を見て一瞬、肝がひやりとした。この時間に飛脚がここに辿りつくということは、江戸を発ったのは相当朝早い時間だった筈だ。悪い知らせか、良い知らせか、だが彼の姿を見つけた飛脚は白い歯を見せながら近づいて来て、文箱から取り出した一通の文を差し出した。

「恭順様、三島安一様からのお知らせでございます」

黎明の中で三島安一はしきりに響いてくる雨だれの音にふと気づいた。またうたた寝をしていたらしい。己の頬を一つ叩いて居住まいを正す。まだ嵐は収まらないのだろうか？　気を取り直してそっと布団に手を伸ばし、師匠の腕を探した。心なしか腕は温かかった。もしやという思いで脈を診ると意外にもしっかりと打っている。安一の心にすっと一条の光が差し込んで来た。心を落ち着かせながら繰り返し脈を診たが、間違いない。水底深くに沈んでゆっくりと尾ひれを蠢かせているようだった脈が、今は水面に浮上してきてゆっくりだが力強く打ち始めている。安一の胸に喜びが込み上げて来た。

「峠を越えた！」

震える声でそれだけ言うと、もう胸がいっぱいで言葉にならない。だが弟弟子の和田一が耳聡く聞きつけてにじり寄って来た。

「お師匠様の容態に変化が？」

うん、うんと頷いて安一は和田一に座を譲った。その気配はたちまち室内中に伝わり、他の弟子達もどよめきながらすり寄って来た。安一は静かにせよと一同を制しながら、晴眼者の栗本を呼んで外の様子を聞きただした。そして風雨は峠を越し、雨だれが軒下からしきりに庭石を叩いている様と東の空が白んできたことを確認すると、今度は落ち着いた声で言った。

「お師匠様は峠を越された。みんな、安心なされよ」


恭順は草履を脱ぐ暇も惜しむ慌ただしさで籠り堂に駆け込んだ。

「おセツさん、吉報ですぞ！　検校様が回復なさいました！」

一心に祈り続けていたセツははっとして目を開けた。振り返るといつも沈着冷静な恭順が顔を紅潮させ、興奮した様子でこちらに駆け寄って来るのが見えた。

「まことでございますか！」

セツは夢うつつの心持ちで恭順を見つめたが、江戸からの文を目前に差し出されてようやく夢ではないことを悟った。とたんに涙が堰を切ったように溢れてきた。震える手で文を受け取り、涙で曇った目でどうにか文を読み下すと更に涙が滝のように溢れ出て、とめどなく頬を伝って流れ落ちた。ありがたい、ありがたいと呟きながらセツは文を胸に掻き抱いて嗚咽した。傍らに座した恭順も潤んだ目をしきりに瞬いている。

「おセツさんの祈りが弁財天様に通じたのですよ！　何とありがたいことだ」

その大きな懐に縋りつくようにしてセツは恭順の衣を摑み、嬉しい、嬉しいと言いながら何度も揺さぶった。その細い肩をいたわるように撫でさすりながら恭順も男泣きに泣いた。ひとしきり泣いて感情の波が治まると、恭順は穏やかな声に戻ってセツをねぎらった。

「おセツさんも昨夜から一睡もせず祈祷をお続けになってさぞお疲れでしょう。あちらで少し御休息なさるがよい」

ありがとうございますと一礼して、セツはきっぱりと言った。

「まだお役目が残っております。まずは弁財天様に祈願成就の御礼を申し上げなければ。これから岩屋に参ります」

そんな無茶なと恭順は呆れたが、セツは涙で光る顔をほころばせながら応えた。

「ご心配には及びません。こんな私のような者でも検校様のお役に立てるなんて、弁財天様が願いを聞き届けてくださったなんて、それだけで私は嬉しくて体の芯から力が湧き上がってくるようです。今、感謝の気持ちが薄れぬうちに急いで弁財天様に御礼に行って参ります」

決意は堅そうだった。では、せめて岩屋まで御伴をしましょうと恭順は申し出た。それを見上げるセツの顔は不眠不休で目の下に隈が浮いているものの喜びに輝く表情は六十歳近い老女とは思えないほど初々しかった。

「いいえ、私一人で参ります。祈願したのは私ですから、ここは私一人で行かねばならないのです」

その口調の強さに恭順は引かざるを得なかった。何と強い女だろうと内心感服した。常に月参の和一に付き添い、控え目に振る舞っている人だが、存在感は大きい。おセツさんは菩薩様だよと和一は時折笑いながら言っていた。なるほど、確かに菩薩だと恭順は目前の女性を見つめながらつくづく思った。

「検校様がおっしゃっておられましたよ。おセツさんは菩薩様だと」

とんでもない、とセツは笑った。

「検校様はよくそのようにおっしゃいました。もったいないことでございます。

でももし私のような者にも菩薩に通じる心が潜んでいるとしたら、それは検校様が慈悲深いお心で私の中から引き出してくださったからです。それならば、今こそ私は菩薩になりましょう」

そう言ってセツは晴れやかな笑顔で一礼し、しっかりした足取りで籠り堂を出て行った。それが恭順の見たセツの最後の姿だった。

杉山和一は長い夢から目覚めたように意識を回復した。気が付けば枕元を取り囲む人々のどよめく声が四方から聞こえてくる。検校様！　お師匠様！　お気が付かれましたか！　みなが口々に呼びかけてくる。

そうか、また現世に戻ってきたのか、と思いながら目を開けたが、目前は真っ暗なままだった。それがまだ彼が三途の川を渡っていないことを如実に示していた。この不自由な身体で娑婆での修行を続けるようにとの天の思し召しなのだ。ありがたいような泣きたいような奇妙な心持ちで彼はふうっと息を洩らした。

和一の回復は速かった。一両日中に半身を起こして白湯を飲むことができるようになり、その翌日には床に座して粥をすすれるほどに回復した。障子を開け放った部屋に日が差し込み、爽やかな風が吹き込んで来た。和一は湯気の立つ粥を一口すすると喉を鳴らしてゆっくり飲み下した。萎えていた全身に生気が蘇ってくるのが感じられる。一息ついていぶかし気に尋ねた。

「ところでおセツの姿がないようだが」

給仕をしていた者がうろたえて言葉を呑むと、傍らに寄り添っていた弟子の三島安一が意を決したように応えた。

「実はおセツ様は亡くなられたのでございます」

和一は静かに椀と箸を膝元の盆に下ろした。

「おセツが亡くなった？」

安一は見えぬ目で深々と一礼すると、一昨日江ノ島から届いた知らせを忠実に述べた。

「恭順様からのお文によれば、おセツ様は検校様がご危篤の日、夜を徹して弁財天様に回復祈願を御祈りし続けたそうでございます。翌朝、検校様ご回復の知らせを聞くと大変お喜びになり、岩屋へ大願成就の御礼を述べにお出かけになってそのまま崖上から海へ身を投げて自ら命を断たれたとのことです。岩の上にはおセツ様の草履がきちんと揃えてあり、岩屋の弁財天像の前にはお文が供えられていたそうです。ご自分の命と引き替えに検校様の命を御救いいただきたいと祈願したところめでたく成就したので、自分は弁財天様にお誓いした約束を果たすために身を投げますと、そのようにしたためられていたそうです。その日の夕方、島の漁師が岩場の海中でセツ様の御遺体を見つけたと知らせてきたそうな」

冷静に語ったつもりだったが安一は次第に声が震えてきて、終いには言葉が出なくなった。じっと聞き入っていた和一は安一の嗚咽を聞くと、そうか、と一言だけ低く呟いた。そのことはもう以前からわかっていたような気がした。あの朝、混迷の中から抜け出しかけた和一は不思議な夢を見た。セツが現れてこちらに向かって深々と頭を下げたのだ。セツの姿を肉眼で見たことはないが、彼女のことを思い浮かべると瞼の底にそれらしき女性の姿がぼんやりと浮かんでくる。それは幼い頃に脳裏に刻んだ若き日の母の姿に似ていた。いつの間にか和一はセツの上に母の面影を重ねていたのかもしれない。

「和一様、お別れでございます。あなた様のお役に立ててセツは本当にうれしいのです。どうぞこれからもご精進くださいませ。私は遠くからあなた様をお見守りしております」

そう言ってセツは母とよく似た慈愛に満ちたまなざしをこちらに向けて微笑んだのだった。

あの夢はそういう意味だったのか！　和一は改めてセツの真心に触れた想いがして胸が熱くなった。


数日後、立って歩くことができるようになると、和一は奥座敷から中庭を臨む縁側に腰掛けて暫し物思いにふけった。爽やかな風が額をかすって吹き過ぎていく。夏が近い。自分はこれで何十回目の夏を迎えることになるのだろうと感慨深く天を仰ぐ。額に当たる日差しの強さがかつて見た青空と黄金色に輝く太陽を彷彿とさせた。

わしは果報者だ。人の何倍もの夏を生きてきた。誰に言うともなく呟く。おセツ、わしにはまだ娑婆でのお役目が残っているようだ。そなたから頂いた命を無駄にはせぬ。いずれまた会える日も来るだろう。それまでのもうひと踏ん張り、どうか見守っていてくれ。

元禄二年（一六八九）五月五日、和一は神田小川町に屋敷を拝領し、身分も御家人から旗本に格上げされた。

元禄五年（一六九二）五月九日、和一はついに関八州の盲人を総括する「総検校」に任じられた。かねてより京都・職屋敷の権力構造を苦々しく思っていた五代将軍・綱吉が大鉈を振るうべく和一にその任を仰せつけたためである。その意を汲んだ和一は当道に関する諸法度を改めるため小川町邸に総検校役所を設け、当道の腐敗を粛清した。

元禄六年（一六九三）六月十日。綱吉より黄金の弁財天像と本所一ツ目（東京都墨田区千歳一丁目）一八九〇坪を町屋敷として与えられた。

なぜ本所一ツ目の町屋敷を与えられたかというと綱吉が和一に「なにかほしいものはないか」と尋ねたところ「目がひとつほしい」と応えたからだという逸話が残っている。

元禄七年(一六九四)五月二十一日、和一は本所一ツ目の屋敷で眠るが如くに亡くなった。享年八十五。

本人の希望によって遺骨は江ノ島辺津宮《へつのみや》の下の墓地に埋葬され、今も片瀬江ノ島の海を臨みながら眠っている。墓碑に刻まれた法名は、『前総検校即明院殿眼叟元清権大僧都』、そしてそれを見守るように真裏には『即到院華見妙春霊位』と記された検校の内妻であった「せつ女」の墓があり、右横には下之坊恭順の墓が配置され、検校を側面から見守るような格好で並んでいる。

あとがき

江戸の鍼医師、杉山和一は一般にはあまり知られていませんが、鍼灸治療に関わっている者の間では知らぬ人のない有名人です。五代将軍・綱吉の奥医師を務め、盲人の生業に道を開いた偉人であり、その遺骨が祀られている江ノ島の墓前には彼の偉業を讃える者や鍼灸の国家試験の合格を祈願する者等が現在も足しげく訪れています。

一介の鍼治療師の私がそんな偉人を小説に書こうなどとだいそれたことを考えたのは十数年以上も前のことです。鍼灸学校で杉山和一について習った当初は単に立派な人がいたものだと思っただけでしたが、その足跡に触れるにつれて個人的な興味が湧いてきました。偉大な功績を讃えたかったからではなく、同じ盲人としての興味と共感を抱いたからです。

それには恩師と仰ぐ横田観風先生の影響も大きく、折に触れ先生が和一への想いを「到底才気煥発とは言い難い和一が、弛まぬ努力を積み重ねてあれだけの偉業を成し遂げたというだけで大したものだ云々」と語るお言葉を聞くにつけ、心に感じるものがありました。

武家の子息に生まれながらその身分を捨てて市井の社会へ飛び込み、まだ未知の世界だった鍼療治に邁進していった和一、その時の彼の心境は如何なるものだったのかという点に非常に魅かれるものがありました。それをあきらかにし、小説として表すことで和一の人間性に迫りたいという想いが募り、観風先生にそう打ち明けると、それはいいねと賛同してくださいました。それを励みにおこがましくも和一の小説化に挑戦する決心をしたのです。

いざ書き始めるとたやすいことではありませんでした。随筆や小説の創作は手掛けていたものの、歴史的な人物を描くのは初めてです。取りかかってからすぐ自分の無謀さに気がつきました。まず杉山和一の資料が少なすぎる。偉大な功績以外に幼少時、少年期、修業時代の具体的な事柄は、江ノ島で弁財天から管鍼法を授かった伝説以外皆無です。しかも私には時代小説の作家のような江戸時代の知識も素養もなく、当時の生活感がさっぱり摑めない。そこで朗読奉仕会の方々に依頼して手がかりになりそうな小説や実録物、解説本などを片っ端から朗読してもらいました。それでも杉山和一はあまりにも偉大過ぎて私の手には負えず、一旦は小説化をあきらめました。

数年経って心機一転の機会が巡ってきました。観風先生が一の弟子である杉山和一遺徳研究会代表の大浦慈観氏を紹介して下さったのです。大浦氏は一般に知られていない和一に関するあらゆる資料を集積し、和一が創立した鍼学問所で伝承されてきた教本を深く研究している和一研究の第一人者です。その氏の口から和一の内妻だった女性が和一の身代わりとして江ノ島の海に身を投げたという逸話を聞いた瞬間、小説の糸口が見えてきたと思いました。女性が身を挺して守りたいと思う相手はよほど深い愛情で結ばれた人だったはず、そこから推し測って、血の通った和一の人物像が少し摑めた気がしたのです。

以前にも一度出かけた江ノ島に、藤沢市観光協会にガイドを頼んでもう一度足を運びました。こちらの意図を伝えると、ガイドの方は島に渡る前に藤沢宿から江ノ島に向かうかつての旧街道に案内してくれました。わずかに残る道標に触れてみたら、和一の生き様が伝わってきたような気がしました。プロの作家ならここで一気呵成に作品をまとめ上げるでしょうが、そんな能力のない私は仕込んだ酒が自然に熟成していくのを待つように、時間をかけて膨らませていくしかありません。また何年か寝かせて、いよいよ煮詰まってきたと感じた時どうにか書き上げました。

試行錯誤の末に辿り付いた杉山和一像は私としては納得のいくものですが、私よりはるかに和一研究に造詣の深い諸先輩方は異論や別の解釈をお持ちでしょう。機会があればその示唆を仰ぎたいと存じます。

鍼灸に興味のない方にも、己の不幸にくじけずひたすら求道の道を歩んだ一人の盲人のひたむきな人生ドラマとしてお読みいただけたら大変ありがたいです。

この作品が本になるまでには計り知れないほど多くの方々のお力添えがありま

した。改めて深く感謝申し上げます。とりわけ陰になり日向になり常に見守ってくださった横田観風先生、貴重な資料を惜しまず提供してくださり、歴史上の誤りや言葉遣いの勘違いなども指摘してくださった大浦慈観様、参考になりそうな書籍を次々に音訳してくださった朗読奉仕会の方々、文学的見地からの感想と示唆を与えてくださった上田謙二様、出版に際してありがたいご配慮をくださった高遠書房の後藤田鶴様、並びに編集の伊藤典子様、取材調査に尽力してくれた妹、それらの御厚意には本当に深く感謝します。

また、長年の友人で京都在住の山田寿子様には京都の過去の地形、状況などについて、随時貴重な参考意見を賜りましたが、本の完成を見る前にご本人はこの春急逝されました。ご冥福をお祈りすると同時に、限りない御厚意に感謝申し上げます。

他にも数えきれないほど多くの方々に感謝と敬愛を込めて、拙著のご挨拶とさせていただきます。

令和六年　風薫る季節に

黒澤絵美

参考文献

『検校あれこれ』杉山検校遺徳顕彰会機関紙より』　大浦慈観
『惣検校杉山和一神正記』姥山薫
『杉山和一とその医業』木下晴都
『総検校　杉山和一伝』河越恭平
『岩波文庫　新編おらんだ正月』森銑三 著・小出昌洋 編
『第２４回　生きる技術をあたえる――盲人教育の先駆者・杉山和一の一生――』泉秀樹

著者略歴

黒澤絵美（くろさわえみ）

1953年　茨城県龍ケ崎市生まれ
1973年　京都成安女子短期大学（現・成安造形大学）プロダクトデザインコース卒業
　　　　デザイン事務所勤務後イラストレーターとして独立
1980年　視力障害によりイラストレーターを廃業する
1999年　音声を頼りに文章を書き、同人誌「雷鼓」に随筆を投稿し始める
2003年　小説『仙人のお守り』で長塚節文学賞・優秀賞受賞
2006年　随筆『いつか見た青空』で第12回小諸・藤村文学賞・優秀賞受賞
2018年　随筆集『いつか見た青空』で第21回日本自費出版文学賞
　　　　エッセイ部門賞受賞

出版本
『母が鼻歌まじりに』（母・京子と共著　2005年・高遠書房）
『海へいこうよ』（絵本　2014年・アスラン書房）
『いつか見た青空』（随筆集　2018年・高遠書房）

雷鼓元会員・高遠書房会員
茨城県取手市在住

和一青嵐

2024年6月6日　第1刷

著　者　黒澤絵美
編集者　後藤田鶴
装　丁　ブルームデザイン　長沼宏
発行所　高遠書房
〒399-3104　長野県下伊那郡高森町上市田630
TEL0265-35-1128　FAX0265-35-1127
印　刷　龍共印刷株式会社
製　本　株式会社渋谷文泉閣
定　価　本体１１００円＋税

ISBN978-4-925026-56-7　C0095